Shakespeare's
Garden

莎士比亚风物三部曲

主编　薛晓源

# 莎士比亚的花园


〔英〕西德尼·比斯利　著

张 娟　译

莫海波 北 塔　审校


# Shakespeare's Garden

2017年·北京

**图书在版编目(CIP)数据**

莎士比亚的花园/(英)西德尼·比斯利著;张娟译.—北京:商务印书馆,2017
(莎士比亚风物三部曲)
ISBN 978-7-100-13045-5

Ⅰ.①莎… Ⅱ.①西…②张… Ⅲ.①莎士比亚(Shakespeare,William1564—1616)—戏剧文学—文学研究 Ⅳ.①I561.073

中国版本图书馆 CIP 数据核字(2017)第 050376 号

**莎士比亚的花园**
〔英〕西德尼·比斯利 著 张娟 译

商 务 印 书 馆 出 版
(北京王府井大街 36 号 邮政编码 100710)
商 务 印 书 馆 发 行
北京新华印刷有限公司印刷
ISBN 978-7-100-13045-5

2017 年 7 月第 1 版　　开本 880×1240 1/32
2017 年 7 月北京第 1 次印刷　　印张 7⅜

定价:48.00 元

# 目　录

# 序 言

莎士比亚的作品向来不乏学识渊博的评论家和热烈直白的歌颂者。弗朗西斯·米尔斯[①]便是其中最早的一位。米尔斯生于1565年，卒于1646年，曾获牛津和剑桥大学的硕士学位。在1598年出版的《妙语宝库》第二卷第623页，他写道："就像人们认为欧福耳玻斯[②]的灵魂在毕达哥拉斯的身上重生一样，奥维德[③]优美灵巧的风格则在语言甘甜如蜜的莎士比亚身上再现；莎士比亚的《维纳斯与阿都尼》、《鲁克丽丝受辱记》、优美的《十四行诗》，以及他的好友都可以证明

① 弗朗西斯·米尔斯（Francis Meres，1565—1646 或 1647），英国神职人员、作家。其著作《妙语宝库》（*Wit's Commonwealth*）第二卷《雅典娜的智慧，妙语集锦》（*Palladis Tamia*, *Wit's Treasury*），是英国第一部批判性介绍莎士比亚诗歌和早期戏剧作品的著作。下文如不特别注明，注释均为译者所加。——译者注

② 欧福耳玻斯，古希腊神话中的特洛伊人，特洛伊战争中最勇敢的人之一。

③ 奥维德（Publius Ovidius Naso，公元前 43—公元 17 或 18），古罗马诗人，中世纪和文艺复兴时期最受欢迎的古典作家，代表作《变形记》、《爱的艺术》、《爱情三论》等。

这一点。如果说普劳图斯和塞内加是公认的最伟大的拉丁语喜剧和悲剧诗人，莎士比亚无疑是英国最杰出的舞台悲剧和喜剧诗人，其喜剧作品《维洛那二绅士》、《错误的喜剧》、《爱的徒劳》、《爱得其所》[①]、《仲夏夜之梦》和《威尼斯商人》以及悲剧作品《理查二世》、《理查三世》、《亨利四世》、《约翰王》、《泰特斯·安德洛尼克斯》和《罗密欧与朱丽叶》即是明证。”

“埃皮乌斯·斯托罗（Epius Stolo）曾说过：如果缪斯女神们讲拉丁语，那么她们会讲得像普劳图斯那样；同样，如果缪斯们讲英语，她们一定会讲莎士比亚那样优美圆润的词句。”

在卡姆登学会[②]出版的《坎普的九天奇迹》（*Kemps Nine Daies Wonder*）的序言中，戴斯[③]先生描写了与莎士比亚有关的英国早期戏剧中的一幕，剧中人物是莎士比亚戏剧演员坎普[④]本人。戏剧名为《帕纳索斯归来，或买卖圣职的惩罚》（*The Returne from Parnassus, or the Scourge of Simony*），在1606年由剑桥圣约翰学院的学生们公

---

① 《爱得其所》英文名为 *Love's Labor's Won*，当代学者认为这部如今已失传的剧作是莎士比亚早期爱情喜剧《爱的徒劳》（*Love's Labor's Lost*）的续篇。

② 卡姆登学会（Camden Society）是1838年成立于伦敦的出版社，主要刊行早期历史和文学文献、手稿以及孤本珍本。

③ 亚历山大·戴斯（Alexander Dyce，1798—1869），苏格兰戏剧编辑、文学历史学家，与许多文学学会联系密切，曾为卡姆登学会出版《坎普的九天奇迹》。

④ 威尔·坎普（Will Kemp），英国著名演员、舞蹈家，擅长表演喜剧，是莎士比亚所在剧团的主要演员之一，以饰演丑角福斯塔夫而出名。1600年二三月间，他在几周时间内从伦敦出发一路舞到诺维奇，路程将近100英里（约160公里），其中跳舞的时间加在一起共九天，之后他写下《坎普的九天奇迹》。

演。在第四幕第五场，伯比奇[①]和坎普上。坎普（对伯比奇）说："没有几个学院派能演好戏剧，他们身上有太多奥维德及其《变形记》的影子，他们话语里有太多的珀耳塞福涅[②]和朱庇特[③]。嗨！看看我们的同胞莎士比亚，把他们都比下去了，把我和本·琼生[④]也比下去了。对了，那个叫本·琼生的可恶的家伙！他推出了霍勒斯[⑤]，让所有诗人都自惭形秽，可我们的同胞莎士比亚却给霍勒斯来了个大清洗，叫他原形毕露，声望扫地。"

伯比奇说："他（莎士比亚）确实是个头脑敏锐的人。不明白那些学院派凭什么能待这么久。"

莎士比亚的一部分作品最早出版于1600年，收入罗伯特·阿勒特（Robert Allott）编纂的《英格兰帕纳索斯，或英国现代诗人的精美之花》（*England's Parnassus*，*or the Choicest Flowers of our Modern Poets*）集子中，当时是为献给公正尊贵的托马斯·蒙森爵士[⑥]，如今已成稀世珍品。

第一部莎士比亚剧本合集以对开本的形式出版于1623年，由约

---

① 理查德·伯比奇（Richard Burbage，1567—1619），环球剧场最著名的演员、剧场老板、企业家、画家，也是莎士比亚的朋友和生意伙伴，被公认为英国当时最杰出的戏剧演员。

② 珀耳塞福涅，古希腊神话中冥王普路托的妻子，宙斯与得墨忒尔的女儿。

③ 朱庇特，古希腊神话中的宙斯，万神中具有最高权威的尊神，天地、神祇和人类的主宰。

④ 本·琼生（Ben Jonson，1573—1637），文艺复兴时期英国著名诗人与剧作家，将讽刺喜剧发展到很高的水平，对莎士比亚等剧作家有较大影响。

⑤ 霍勒斯（Horace）是古罗马杰出的吟游诗人昆图斯·贺拉斯·弗拉库斯（Quintus Horatius Flaccus）的英文名，他生活在公元前65年至公元前8年之间。

⑥ 托马斯·蒙森爵士（Sir Thomas Mounson，1565—1641），英国政治家，詹姆士一世的支持者。

翰·赫明斯和亨利·康德尔策划出版，意在献给“最为尊贵的天下无双的好兄弟：一位是国王陛下的内侍大臣，彭布洛克三世伯爵威廉·赫伯特；另一位是国王陛下的寝宫内侍，蒙哥马利一世伯爵菲利普·赫伯特。两位皆为最高贵的嘉德勋位骑士，是我们无与伦比的主人阁下”。他们表示出版合集是为了“广泛的读者们”，并在结束语中写道：我们承认，如果作者本人能够在世并亲自整理校勘他的作品，那确实再好不过；然而，事与愿违，莎士比亚已经与世长辞，并因此失去了这一权利，我们请求各位不要因为莎士比亚的朋友们倾力将其作品收集成书而心生怨恨。此前，莎士比亚作品的各种盗印本和私印本使各位深受其害，江湖骗子的欺盗行为导致作品扭曲、残缺。我们出版莎士比亚作品集，旨在呈现其本真面貌，合集里包括莎士比亚生前已经修改完善的作品，其余作品皆依照莎士比亚的手稿悉数收录。要知道，莎士比亚不仅是大自然快乐的模仿者，更是大自然优雅的表达者。莎士比亚意到笔随，凡他想到的，都能轻而易举地表达出来，我们拿到的手稿几乎没有半点模糊的印迹。但是，我们的工作只限于收集和呈现他的作品，对作品进行评价的权利则属于各位读者。我们相信，无论读者水平如何，都能从中发现引人入胜、令人不忍释卷的地方。莎士比亚的才华不仅无法埋没，也同样遮掩不住。读者应该一遍遍地反复细读他的作品，倘若如此读过之后仍然没有喜欢上他，那你极可能并未真正理解他，我们把你留给莎士比亚的其他读者朋友，他们可以在你需要时为你指点迷津；若你无此需求，则可以自我引导，并帮助他人，这正是我们所期待的莎士比亚应该拥有的读者。在第一对开本的扉页上，有一幅莎士比亚的雕版肖像，作者是雕刻家马丁·德罗肖特（Martin Droeshout）。在肖像的下面写有几行本·琼生的诗歌：

致读者

你眼前的画像，
是为温柔的莎士比亚所刻；
雕刻者力求超越自然，
使他的作品永恒；
啊！要是他雕刻脸庞的技艺，
如同制作雕塑一样杰出，
那么这幅画像会胜过所有雕塑，
可是既然他不能，
读者啊，就不要看他的脸，还是读他的书吧。

格兰杰[①]先生在《英格兰传记史》第二卷第六页谈到莎士比亚的肖像时写道："本·琼生对莎士比亚本人非常熟悉，如果他的话值得相信，那么与另外几幅华丽的纪念像相比较，这幅版画向我们呈现了更加真实的莎士比亚的模样。"他说这幅肖像画与斯特拉特福教堂

① 詹姆士·格兰杰（James Granger，1723—1776），英国牧师、传记作家、印刷品收藏家，著有《英格兰传记史》（*Biographical History of England*，*from Egbert the Great to the Revolution*）一书。

纪念碑上的半身像十分相似。格兰杰先生还提到雕刻家理查德·厄勒姆[①]在模仿科尼利厄斯·詹森[②]画作的基础上用铜版雕刻的莎士比亚肖像。还有一幅肖像是由威廉·马歇尔[③]所画，出现在1640年出版的《莎士比亚诗集》的扉页插图上。插图的下面印有如下文字：

这幅画像里的人物是著名的莎士比亚，时代的灵魂，
他是一切舞台掌声、欢愉和奇迹的来源；
自然女神因他的创作而骄傲，
喜欢用他的诗句来给自己装扮；
学问渊博者认为他的作品是如此精彩，
人和诗神怎么夸都不会过分。
你的名声将在世上永垂不朽，
像你这样的人，绝无仅有。

在第一对开本的序言中载有本·琼生写给莎士比亚的评论，该评论精彩、准确，充满赞誉，以下是其中关于莎士比亚个性和才能的诗句：

---

① 理查德·厄勒姆（Richard Earlom，1743—1822），英国铜版雕刻家。

② 科尼利厄斯·詹森（Cornelius Jansen，1585—1638），荷兰天主教神学家、神学运动詹森主义的创始人。

③ 威廉·马歇尔（William Marshall，1617—1649），英国雕刻家、插图画家。

莎士比亚，不是想给你的名字招嫉妒，
我这样竭力赞扬你的人和书；
说你的作品简直是超凡入圣，
人和诗神怎样夸也不会过分。
这是实情，谁也不可能有异议。
……
因此我可以开言。时代的灵魂！
我们所击节称赏的戏剧元勋！
我的莎士比亚，起来吧；我不想安置你
在乔叟、斯宾塞身边，卜蒙也不必
躺开一点儿，给你腾出个铺位：
你是不需要陵墓的一个纪念碑，
你还是活着的，只要你的书还在，
只要我们会读书，会说出好歹。
……
阿文河可爱的天鹅！该多么好看，
如果你又在我们的水面上出现，
又飞临泰晤士河崖，想当年就这样
博得过伊丽莎、詹姆士陛下的激赏！
可是别动吧，我看见你已经高升，
就在天庭上变成了一座星辰！
照耀吧，诗人界泰斗，或隐或显，

申斥或鼓舞我们衰落的剧坛；
自从你高飞了，它就像黑夜般凄凉，
盼不到白昼，要没有你大著放光。[①]

《康沃尔郡概况》一书的作者理查德·卡鲁[②]在给威廉·卡姆登[③]的书信中谈到英语的语言之美时提到了莎士比亚，他写道："任何其他语言在诗歌和散文、转义或比喻、拟声和押韵等方面蕴含的美，在我们的语言中都有淋漓尽致的体现。你喜欢柏拉图的风格？那就去读托马斯·史密斯爵士的作品；喜欢伊俄尼亚风格[④]？那就去读托马斯·莫尔爵士[⑤]、研究西塞罗的罗杰·阿斯克姆[⑥]、瓦洛斯（Varrows）和乔叟[⑦]；如果你喜欢德摩斯梯尼[⑧]，那就去读约翰·奇克爵士[⑨]，他的作品包含一切修辞手法；你想读到维吉尔的语言之美

---

① 此段引文为本·琼生的题辞节选，本书译者采用了卞之琳的译文。

② 理查德·卡鲁（Richard Carew，1555—1620），英国康沃尔郡绅士、翻译家、古文物收藏家，英国古物研究学会成员，骑士派诗人托马斯·卡鲁的长子，因著有《康沃尔郡概况》（*Survey of Cornwall*）一书而闻名。

③ 威廉·卡姆登（William Camden，1551—1623），英国历史学家、古物收藏家，著名作品《不列颠志》（*Britannia*）是英国第一部综合性地理志。

④ 古希腊诗人荷马和赫西俄德的作品都采用古老的伊俄尼亚方言写成。

⑤ 托马斯·莫尔爵士（Sir Thomas Moore，1478—1535），英格兰政治家、作家、空想社会主义者，被罗马天主教封为圣人，1516年用拉丁文创作《乌托邦》一书。

⑥ 罗杰·阿斯克姆（Roger Ascham，1515—1568），英国著名人文主义者、学者、作家，以其散文体风格和对英语方言的促进而著名。

⑦ 杰弗里·乔叟（Geoffrey Chaucer，1340—1400），英国中世纪小说家、诗人，代表作《坎特伯雷故事集》。

⑧ 德摩斯梯尼（Demosthenes，公元前384—前322），古希腊政治家、演说家。

⑨ 约翰·奇克爵士（Sir John Cheke，1514—1557），英国学者、政治家、修辞大师。

吗？那就去读萨里伯爵；喜欢卡图卢斯[①]？那就去读莎士比亚和巴罗的“片段”（Fragment）；如果是奥维德，那就去读丹尼尔；如果是卢坎[②]，那就去读斯宾塞[③]；如果是马提雅尔[④]，那就去读约翰·戴维斯爵士[⑤]，等等。

卡姆登在《不列颠志》里提到埃文河畔的斯特拉特福镇时写道：“在离诺曼征服还有300年的时候，这块土地就被伍斯特郡总督埃塞拉德斯赠予伍斯特主教。当地的教堂是圣三一教堂，教士团曾经居住过的建筑至今还矗立在原地。在教堂祭坛的下面埋葬着一位名叫莎士比亚的当地居民，他在身后遗留下的48部戏剧充分证明了他的伟大才能。”

蒲柏[⑥]在他编纂的莎士比亚作品集的前言里（根据塞缪尔·约翰逊[⑦]博士的评价，该前言文笔优美、内容中肯，同样很有价值）写道：“如果有哪位作家能配得上‘原创’二字，那就是莎士比亚。荷马的智慧并非直接源于自然之泉，它是在经历了埃及文化的过滤和

---

① 卡图卢斯（Catullus，公元前84—前54），罗马共和国时期著名拉丁语诗人。

② 卢坎（Lucan，公元39—65），古罗马诗人，著名史诗《内战记》（又名《法沙利亚》）被誉为除维吉尔的《埃涅阿斯纪》之外最伟大的拉丁语史诗。

③ 埃德蒙·斯宾塞（Edmund Spenser，1552—1599），文艺复兴时期英国伟大诗人，其代表作有长篇史诗《仙后》，田园诗集《牧人月历》，组诗《情诗小唱十四行诗集》、《婚前曲》、《祝婚曲》等。

④ 马提雅尔（Martial，约公元38至41之间—102至104之间），古罗马诗人，以其警句和诗集而著名。

⑤ 约翰·戴维斯爵士（Sir John Davies，1569—1626），英国诗人、律师、政治家。

⑥ 亚历山大·蒲柏（Alexander Pope，1688—1744），18世纪英国最伟大的诗人之一。

⑦ 塞缪尔·约翰逊（Samuel Johnson，1709—1784），英国著名作家、文学评论家和诗人，他编纂的《英语词典》对现代英语产生了深远的影响，曾编注莎士比亚作品集。

传导后到达荷马本人的，因而不可避免带有学术和经典的痕迹。莎士比亚的诗歌却纯粹源自灵感；与其说他是大自然的模仿者，倒不如说他是大自然的工具；若说他在表现自然，实际上并不恰当，其实，是自然在通过莎士比亚进行自我的流露和表达。”

德莱顿[①]在读完未经任何修订的莎士比亚作品时说：“在所有现代和古代诗人当中，莎士比亚拥有最为开阔和宽容的灵魂。自然万物尽收他的眼底，任他轻松地信手拈来；任何莎士比亚笔下的事物，都给人以亲眼目睹、亲身经历的感觉。”

约翰·弥尔顿[②]在24岁时创作了悼文《致令人钦佩的戏剧诗人威廉·莎士比亚》（On the admirable dramatic poet，Willam Shakspeare），该悼文载入1632年的对开本：

> 我的莎士比亚，他的遗骨自有光辉，
> 何必我们累月经年、辛苦雕成纵横石碑？
> 他那神圣的衣冠遗物，用不着什么高冢，
> 何必筑起金字塔，尖顶高耸星空？
> 你，伟大的荣誉“后裔”，“不朽”之所生，
> 何必这些低劣东西来显彰你的名声？

---

① 约翰·德莱顿（John Dryden，1631—1700），英国著名诗人、文学评论家、翻译、剧作家，1668年成为英国首位桂冠诗人。

② 约翰·弥尔顿（John Milton，1608—1674），英国政论家、民主斗士，英国文学史上最伟大的诗人之一，著有《失乐园》、《复乐园》、《力士参孙》等名作。

在我们的惊奇里，在我们的赞叹里，
你自己早已竖起一座永久的纪念碑，
因为，比起你那一泻千里的天才，
这些笨拙的艺术就显得黯然失色，
从你无价之宝的作品里，神奇的诗句中，
每个人的心灵都深深地受了感动，
你使我们打消我们自己的幻想，
你把我们塑成富于情思的大理石像；
在这样富丽堂皇的坟墓中安息，
是这样的光彩，就是帝王也希望这样去死。[①]

塞缪尔·约翰逊博士编纂的莎士比亚作品集于1778年出版，他在前言里写道："莎士比亚作为大自然的诗人，至少超越了近代所有作家，如果不是历史上所有作家的话。他向读者举起了一面镜子，真实地映射着社会的风俗人情和生活。其他诗人陈列出一橱又一橱的宝贵珍品，它们做工精巧，造型优美，光彩熠熠；莎士比亚则打开了一座矿藏，里面蕴含着用之不尽取之不竭的黄金和钻石。对于这个生气勃勃的世界，他是一位细致入微的观察者，他的描述总有一些与众不同的特点，这些特点是从对事物实事求是的观察中得来的。莎士比亚无论描写人生或是描写自然，总是简单明了地表述他

① 本书译者采用了朱维之的译文。

的亲眼所见；他笔随心动，把头脑里获得的画面毫无削弱或歪曲地描写下来，没有受到任何其他知识的干扰；在市井小民的眼里莎士比亚对现实的描述千真万确，在学识渊博的人眼里它们完美无瑕。”[①]

塞缪尔·泰勒·柯勒律治[②]在《桌边杂谈》（*Table Talk*）中写道：“莎士比亚是圆满具足的神，无处不在的创造力，崇高的诗人，深奥的哲学家，一位多才多艺的人。”他在《文学传记》（*Literary Remains*）第二卷第63页又写道：“的确，对莎士比亚的批评，唯有那些充满敬意的，才是亲切友好的。如果一个英国人能够不带敬意地——不带有一种骄傲且深情的敬意——来谈论威廉·莎士比亚的名字，那他就没有资格做评论家的工作。莎士比亚的评论者最起码要带有感情，使用带有感情的语言，否则他评论得最好的时候，也不过像一个盲人一样；而与此同时，光与影及其在明暗深浅之间微妙变换的色彩所构造的和谐之作正静静地到达阿波罗默默指示的高度。”[③]

弗里德里希·冯·施莱格尔[④]在《关于戏剧文学的讲座》（*Lectures on Dramatic Literature*）中对莎士比亚这位伟大诗人的作品给予了特别赞美，他说：“莎士比亚是他所属民族的骄傲，是同时代人的偶像。

---

① 本书译者在翻译该段引文时参考了李赋宁、潘家洵的译文。

② 塞缪尔·泰勒·柯勒律治（Samuel Taylor Coleridge，1772—1834），英国诗人和评论家，英国浪漫主义文学的奠基人之一，代表作《古舟子咏》。

③ 阿波罗是古希腊神话中的太阳神，此处被用来比喻莎士比亚作品达到的无上境界。

④ 弗里德里希·冯·施莱格尔（Karl Wilhelm Friedrich von Schlegel，1772—1829），德国作家、文学家、哲学家。

然而他的名声却一度暗淡，一直到上世纪初才开始再现光芒。从此以后，他的光亮便与日俱增。在未来的几个世纪里，莎士比亚的声望将如同阿尔卑斯山雪崩一样，随着时间的推移越来越强大。”

“凡是莎士比亚笔下的事物都打上了现实的烙印，精神世界和大自然把一切财富都拱手献于他面前。论能力，他是半个神明；论思想的深度，他是一位先知；论穿透一切的智慧，他是精神世界的守护者。然而他对自己的高贵全然无知，降身于凡夫俗子中间，像个孩子一样率真朴实。”

美国作家拉尔夫·沃尔多·爱默生[①]把他撰写的《代表人物》（*Representative Man*）的第五章命名为“诗人莎士比亚”，他在其中写道：“莎士比亚的头脑是眼下的我们遥望不到的地平线。然而，莎士比亚却远非鲜为人知，他恰恰是整个近代史中我们最为熟悉的人物。无论是关于道德风俗、哲学宗教，还是关于经济、趣味和生活方式，有哪一个他不曾解决呢？有什么奥秘他不了解呢？人们工作的职责、方式和领域，有哪一个他不记得呢？哪一个国王他没有像塔尔玛教拿破仑那样教治国之方呢？哪一位少女没有发现他比自己还要精致？他爱得不比哪一个情人深？他看得不比哪一个圣人远？哪一位绅士没有在举止方面受到他的引导？莎士比亚超越了名作家的范畴，就像他超越了芸芸众生一样。他的智慧是难以想象的；别

① 拉尔夫·沃尔多·爱默生（Ralph Waldo Emerson，1803—1882），美国著名哲学家、文学家、诗人，美国文化精神的代表人物，代表作《论文集》为他赢得了巨大的声誉，他也被称为“美国的文艺复兴领袖”。

人的智慧则是可以想象的。就行动力和创造力而言，莎士比亚是独一无二的。一种无处不在的人性关怀把他的一切才能都协调起来了。”[①]

本书节选的莎士比亚作品片段，证明以上关于莎士比亚才能和作品的评论都是客观公允的，莎士比亚的植物学知识之广博，不亚于任何一门经他考察和描述的博物学分支学科。

莎士比亚于1564年4月23日在埃文河畔斯特拉特福镇出生，于1616年4月23日去世。莎士比亚被安葬在埃文河畔斯特拉特福的圣三一教堂，靠着教堂的北墙竖立着他的纪念碑和杰勒德·约翰逊（Gerard Johnson）为他雕塑的半身像，墙上镌刻着这样的铭文：

> 他有奈斯特的处世智慧，有苏格拉底的天才，有维吉尔的诗艺，
>
> 大地把他掩埋，人们为他哀悼，奥林匹斯山[②]将他拥有。
>
> 驻足吧，过客；何必如此行色匆匆？
>
> 读读墓碑上的文字，这里埋葬的是连死神都妒忌的莎士比亚，
>
> 是连活泼生动的自然也随之一同死去的莎士比亚，
>
> 这座坟墓因他的名字而超出一切价值，

---

① 本书译者在翻译该段引文时参考了蒲隆的译文。

② 在希腊神话中，奥林匹斯山是众神居住的地方。这里的意思是莎士比亚的灵魂已归众神之列，由此来比喻他的伟大。

因为与他所创作的一切相比，

活着的艺术只不过是其才智的注脚。[①]

《泰晤士报》在1858年6月15日刊登了如下声明：

莎士比亚的亲笔签名——昨天，梅西耶、苏富比和威廉姆森共同拍卖了一份莎士比亚的亲笔签名，签名附在黑衣修士[②]房屋抵押的契据上，时间为1612或1613年11月1日，据说这是迄今为止人们所见过的保存最完好的样本，拍卖成交价为318英镑。经过激烈的竞拍，签名最终被代表大英博物馆的布恩先生竞得，该签名将从此成为英国国家藏品中惹人注目的一件。同时参加竞拍的还有精选的四开本版的莎士比亚戏剧作品，同样竞出了高价。其中，一本出版年代不详的《哈姆莱特》拍得24英镑10先令。《威尼斯商人》第二版拍得14英镑15先令。关于约翰·福斯塔夫爵士的喜剧《温莎的风流娘儿们》第二版拍得13英镑13先令。一本保存完好的1609年版的莎士比亚《十四行诗》拍得86英镑。

---

① 碑文的最后为 sith all yt he hath writt，Leaves living art bvt page to serve his witt。此句话可做两种解读：一是莎士比亚才能的伟大使得其他艺术相形见绌，在他身后创作出来的作品仅一页纸而已；另一种解读是与莎士比亚的创作相比，为他刻半身像的雕刻家的艺术只不过相当于一页纸。本书译者采纳了前一种解读。

② 黑衣修士（Blackfriars），为英国地名。

《泰晤士报》在1864年4月11日做过如下关于莎士比亚遗物的报道：

> 在当下这个时期，任何与莎士比亚相关的东西都会引发人们的特殊兴趣，我们因而倍感荣幸地宣布，我们国家很快便将拥有一件著名的精美橱柜藏品，该橱柜由桑葚木雕刻而成，埃文河畔斯特拉特福公司在1769年莎士比亚诞辰庆典之际将其赠予戴维·加里克[①]。这件精美的艺术品，雕琢细腻，独具匠心，生动展现出莎士比亚剧作中的场景。除此之外，藏品还包括加里克与此相关的往来信件，他获得的一枚奖章，以及一枚镶嵌着莎士比亚微小画像的指环，画像镶嵌在水晶表面下，四周嵌有黄金，做工十分精美。以上藏品由已故的乔治·丹尼尔先生遗赠给大英博物馆。乔治·丹尼尔生前居住在伦敦卡农贝利区，是一位著名的书籍和古物收藏家、作家。他于上周因中风死在他儿子位于（伦敦）斯托克纽因顿的家中，享年75岁。乔治·丹尼尔是著名的胡格诺家族领袖保罗·丹尼利的直系后裔。

---

① 戴维·加里克（David Garrick，1717—1779），英国演员、戏剧家，以演莎剧《理查三世》成名，另作有20余部剧本。加里克于1769年9月6日到8日在莎士比亚的故乡埃文河畔斯特拉特福镇组织了一场纪念莎士比亚诞辰的盛大庆典，这是历史上首次为纪念莎士比亚诞辰而举行的庆典，发生在莎士比亚诞生两个世纪后的第五年。

伦敦市政图书馆有一张莎士比亚在黑衣修士处房产的转让契据，签订日期为1612或1613年3月10日，上面有莎士比亚的签名。1841年伦敦公司以145英镑购得该契据，目前陈列在玻璃展柜中供游客参观。

在由弗洛里奥[①]翻译的蒙田[②]《随笔集》的首版英文对开本上也有莎士比亚的签名，大英博物馆托管人在1838年以100英镑购得该对开本，现今收藏于大英博物馆中。

---

① 约翰·弗洛里奥（John Florio，1553—1625），英国语言学家、词典编纂者，詹姆士一世皇室的语言教师，第一个将蒙田作品译为英文。

② 蒙田(Michel Eyquem de Montaigne, 1533—1592)，文艺复兴时期法国思想家、散文作家，主要著作《随笔集》。

# 第一章　植物概述[①]

在《罗密欧与朱丽叶》第二幕第三场，劳伦斯神父以一段优美的独白来暗喻大地的丰腴。独白是这样开始的：

黎明笑向着含愠的残宵，
金鳞浮上了东方的天梢……[②]

神父接下来提到了莠草和香花：

天生下的万物没有弃掷，
什么都有它各自的特色，

① 本章所有节选均出自1623年第一对开本。——原注
② 朱生豪译。本书所引莎士比亚作品的中文译文，如无特别说明，均出自人民文学出版社2014年出版的11卷本《莎士比亚全集》。

石块的冥顽，草木的无知，
都含着玄妙的造化生机。
莫看那蠢蠢的恶木莠蔓，
对世间都有它特殊贡献；
即使最纯良的美谷嘉禾，
用得失当也会害性戕躯。
美德的误用会变成罪过，
罪恶有时反会造成善果。
这一朵有毒的弱蕊纤苞，
也会把淹煎的痼疾医疗；
它的香味可以祛除百病，
吃下腹中却会昏迷不醒。
草木和人心并没有不同，
各自有善意和恶念争雄；
恶的势力倘然占了上风，
死便会蛀蚀进它的心中。[①]

在《罗密欧与朱丽叶》第四幕第一场，神父又提到朱丽叶要喝下的液汁，他说：

---

① 朱生豪译。

这一个药瓶你拿去，等你上床以后，就把这里面炼就的液汁一口喝下，那时就会有一阵昏昏沉沉的寒气通过你全身的血管，接着脉搏就会停止跳动；没有一丝热气和呼吸可以证明你还活着；你的嘴唇和颊上的蔷薇红色都会变成灰白；你的眼睑闭下，就像死神的手关闭了生命的白昼……[①]

剧中的罗密欧对药剂师“拣药草”一幕的描述生动形象，反映了古代制药术和药剂师的从业状况：

我想起了一个卖药的人，他的铺子就开设在附近，我曾经看见他穿着一身破烂的衣服，皱着眉头在那儿拣药草；他的形状十分消瘦，贫苦把他熬煎得只剩一把骨头；他的寒碜的铺子里挂着一只乌龟，一头剥制的鳄鱼，还有几张形状丑陋的鱼皮；他的架子上稀疏地散放着几只空匣子、绿色的瓦罐、一些胞囊和发霉的种子、几段包扎的麻绳，还有几块陈年的干蔷薇花，作为聊胜于无的点缀。[②]

---

① 朱生豪译。本书译者把其中的“红色”改为“蔷薇红色”（原文 roses）。

② 参见德国人约翰·贝克曼（John Beckmann）在《发明、发现和起源的历史》（*A History of Inventions, Discoveries, and Origins*）里题为“药剂师”的文章。——原注。该选段出自《罗密欧与朱丽叶》第五幕第一场。朱生豪译。本书译者把其中的“玫瑰花”改为“蔷薇花”（原文 roses）。——译者注

罗密欧要从卖药人手里购买的是“一点能够迅速致命的毒药，厌倦于生命的人一服下去便会散入全身的血管，立刻停止呼吸而死去，就像火药从炮膛里放射出去一样快”[①]。

这是人们当时使用的一种强心麻醉剂，极可能是从乌头[②]这种植物中提炼出来的；法律禁止遭受疼痛折磨的临死之人获得这一毒药，卖药人在回答罗密欧的时候提到了该项法律。

在《哈姆莱特》第一幕第五场，鬼魂向哈姆莱特讲述了麻痹药水灌进他耳腔一事：

> 当我按照每天午后的惯例，在花园里睡觉的时候，你的叔父乘我不备，悄悄溜了进来，拿着一个盛着毒草汁的小瓶，把一种使人麻痹的药水注入我的耳腔之内，那药性发作起来，会像水银一样很快地流过全身的大小血管，像酸液滴进牛乳一般把淡薄而健全的血液凝结起来；它一进入我的身体里，我全身光滑的皮肤上便立刻发生无数疱疹，像害着癞病似的满布着可憎的鳞片。[③]

---

① 朱生豪译。

② 乌头的根部可用来提炼强心止痛剂。关于乌头之毒的由来，有一段古希腊神话。希腊英雄赫拉克勒斯去冥界将守卫大门的恶犬刻耳柏洛斯绑来见欧律斯透斯时，恶犬的唾液滴到地上，长出了乌头，因此，乌头含有剧毒。

③ 朱生豪译。

据有些莎士比亚评论家推测，上述引文中提到的毒草汁（hebenon）是天仙子（学名 *Hyoscyamus niger*，英文名 henbane）的汁液，然而 hebenon 一词很可能最初拼作 enoron，是人们称呼 *Solanum maniacum* 这种植物时使用的名字，该植物又叫颠茄（学名 *Atropa belladonna*，英文名 deadly nightshade）[①]，比天仙子的毒性更大。

在《奥瑟罗》第一幕第三场，伊阿古在与罗德利哥的对话中把人的身体比作园圃，把美德和邪恶比作草木：

颠茄

力量！废话！我们变成这样那样，全在于我们自己。我们的身体就像一座园圃，我们的意志是这园圃里的园丁；不论我们插荨麻、种莴苣、栽下神香草、拔起百里香，或者单独培植一种草木，或者把全园种得万卉纷披，让它荒废不治也好，把它辛勤耕垦也好，那权力都在于我们的意志。要是在我们的生命之中，理智和情欲不能保持平衡，

---

① *Solanum maniacum* 可能是颠茄的拉丁异名。

我们血肉的邪心就会引导我们到一个荒唐的结局。①

在《威尼斯商人》第四幕第一场，莎士比亚用对包括树木在内的自然万物的生动描写，来展现人类的激烈情感。安东尼奥（当着夏洛克的面）对巴萨尼奥说：

> 请你想一想，你现在跟这个犹太人讲理，就像站在海滩上，叫那大海的怒涛减低它的奔腾的威力，责问豺狼为什么害母羊为了失去它的羔羊而哀啼，或是叫那山上的松柏，在受到天风吹拂的时候，不要摇头摆脑，发出谡谡的声音。要是你能够叫这个犹太人的心变软——世上还有什么东西比它更硬呢？——那么还有什么难事不可以做到？所以我请你不用再跟他商量什么条件，也不用替我想什么办法，让我爽爽快快受到判决，满足这犹太人的心愿吧。②

在《辛白林》第四幕第二场，我们再次欣赏到由自然万物引申出来的优美比喻。培拉律斯对阿维拉古斯说：

> 神圣的造化女神啊！你在这两个王子的身上多么神奇

① 朱生豪译。本书译者把其中的“牛膝草”改为“神香草”，原文为hyssop，是神香草（学名*Hyssopus officinalis*）的英文名称。

② 朱生豪译。

> 地表现了你自己！他们是像微风一般温柔，在堇菜下轻轻拂过，不敢惊动那芬芳的花瓣；可是他们高贵的血液受到激怒以后，就会像最粗暴的狂风一般凶猛，他们的威力可以拔起岭上的松柏，使它向山谷弯腰。[①]

在《仲夏夜之梦》第三幕第二场，两个女人之间的友情被动人地比作并蒂的樱桃。海丽娜对赫米娅说：

> 赫米娅，我们两人曾经像两个巧手的神匠，在一起绣着同一朵花，描着同一个图样，我们同坐在一个椅垫上，齐声曼吟着同一个歌儿，就像我们的手、我们的身体、我们的声音、我们的思想，都是连在一起不可分的样子。我们这样生长在一起，正如并蒂的樱桃，看似两个，其实却连生在一起；我们是结在同一茎上的两颗可爱的果实，我们的身体虽然分开，我们的心却只有一个——原来我们的身子好比两个互通婚姻的名门，我们的心好比男家女家的纹章合而为一。[②]

在《亨利八世》第三幕第二场，红衣主教伍尔习把自己潦倒的

---

① 朱生豪译。根据作者后文提供的拉丁名，本书译者把其中的“紫罗兰花”改为“堇菜”（原文 violet）。

② 朱生豪译。

境遇比作被严霜摧杀的嫩叶和花朵：

你们对我表示的那点小小的好意，再见吧。再见？我全部的宏伟事业从此不再见了。人世间的事就是这样。一个人今天生出了希望的嫩叶，第二天开了花，身上开满了红艳艳的荣誉的花朵，第三天致命的霜冻来了，而这位蒙在鼓里的好人还满有把握，以为他的宏伟事业正在成熟呢，想不到霜冻正在咬噬他的根，接着他就倒下了，和我一样。[①]

**黎巴嫩雪松**（学名*Cedrus libani*，英文名majestic cedar）[②]，出现在《亨利六世下篇》第五幕第二场中，因负伤被带上的华列克伯爵说：

呵呀，谁在我的身边？朋友也好，仇人也好，望你到我跟前来，告诉我谁是胜利者，是约克还是华列克？我为什么要问？我遍体鳞伤，血流如注，身体困惫，心头剧痛——

黎巴嫩雪松

① 杨周翰译。

② 原文的拉丁名拼写有误，译文中已更正。

这一切都表明，我的躯体必然归于泥土，我死之后，胜利必然归于敌人。我这株巍峨的雪松，在它的枝头曾经栖息过雄鹰，在它的树荫下曾有狮子睡眠，它的顶梢曾经俯视过枝叶茂密的圣树，在它的荫庇之下丛生的杂树得以度过严冬，然而到头来，这棵老树还是断送在樵夫的利斧之下了。[①]

在《科利奥兰纳斯》第五幕第三场，雪松被描写为高傲的雪松。

莎士比亚在《亨利八世》第五幕第五场也提到雪松，并用它来比喻詹姆士一世：

他必将昌盛，像山间雪松以它的茂盛的枝叶荫覆周围的平野。[②]

杰勒德[③]曾对黎巴嫩山区的雪松予以观察，推断它们便是所罗门

① 章益译。本书译者把其中的“松柏”改为“雪松”（原文 cedar），把“丹桂”改为“圣树”（原文 Jove’s tree）。

② 杨周翰译。本书译者把其中的“苍松”改为“雪松”（原文 cedar）。

③ 约翰·杰勒德（John Gerarde，1545—1612），英国植物学家、药剂师，著有《草本志，或植物通史》（*Herbal*，*or General History of Plants*）。他曾在伦敦霍尔本的住处附近建造了一座花园。这座花园及其主人很快闻名遐迩。他经常收到来自世界各地的稀有植物和种子，并且经常应邀帮助管理贵族的花园。他在 1596 年编纂了自己花园里的植物名录。《草本志》一书收集了 1000 多种植物，是有关植物名录的第一部著作。该书 800 多个章节，介绍了所有当时已知的植物种类，还收有许多民间传说，成为英国 17 世纪最畅销的植物学典籍。本书多处对其予以引用。

用来建造圣殿的材料。

莎士比亚常选取最普通的植物恰到好处地表现主题。《皆大欢喜》第一幕第三场中的有刺的荆棘和牛蒡便是其中一例：

罗瑟琳：唉，这个平凡的世间是多么充满荆棘呀！

西莉娅：姊姊，这不过是些牛蒡，为了取笑玩玩而丢在你身上的；要是我们不在道上走，我们的裙子就要给它们抓住。

罗瑟琳：在衣裳上的，我可以把它们抖去；但是这些牛蒡是在我的心里呢。[①]

在《一报还一报》中，路西奥向公爵表示他不会轻易走开时说：

不，我一定要陪你走完这条小巷……我就像是牛蒡一样，钉住了人不肯放松。[②]

这里的牛蒡是指牛蒡属植物的枝蔓和果实，上面布满了勾刺，会粘

---

① 朱生豪译。根据作者在第四章提供的拉丁名，此处的 bur 是指牛蒡，因此本书译者把其中“有刺的果壳”和“刺”（原文皆为 burs）改为“牛蒡”。

② 该选段出自该剧第四幕第三场。朱生豪译。本书译者把其中的“一根芒刺”改为“牛蒡”（原文 a kind of bur）。

住任何碰到的东西不放。

在《约翰王》第四幕第二场，萨立斯伯雷在如下优美的言语里提到了百合和堇菜：

所以，炫耀着双重的豪华，
在尊贵的爵号之上添加饰美
的谀辞，把纯金镀上金箔，
替纯洁的百合花涂抹
粉彩，堇菜的花瓣
上浇洒人工的香水，
研磨光滑的冰块，或是替
彩虹添上一道颜色，或
是企图用微弱的烛火增
加那灿烂的太阳的光辉，
实在是浪费而可笑的多事。①

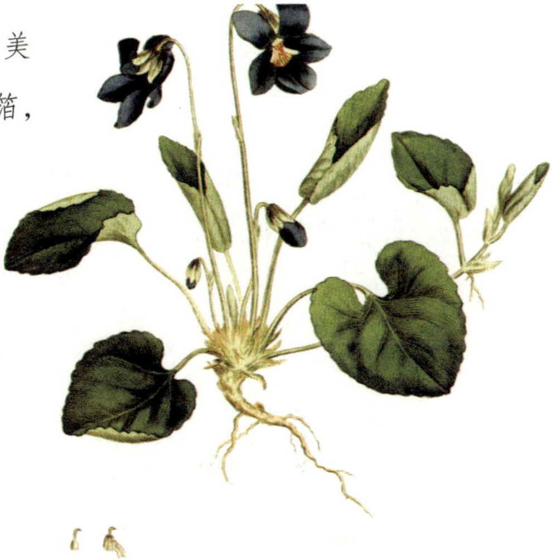

香堇菜

在《哈姆莱特》第一幕第三场，雷欧提斯提醒妹妹奥菲利娅要在哈姆莱特的追求面前守住自己的心，并用被虫子啮蚀的花朵来比喻：

① 朱生豪译。本书译者把其中的“紫罗兰”改为“堇菜”（原文 violet）。

> 留心，奥菲利娅，留心，我的亲爱的妹妹，不要放纵你的爱情，不要让欲望的利箭把你射中。一个自爱的女郎，若是向月亮显露她的美貌就算是极端放荡了；圣贤也不能逃避谗口的中伤；春天的草木往往还没有吐放它们的蓓蕾，就被蛀虫蠹蚀；朝露一样晶莹的青春，常常会受到罡风的吹打。所以留心吧，戒惧是最安全的方策；即使没有旁人的诱惑，少年的血气也要向他自己叛变。[①]

蔷薇也经常出现在莎士比亚的作品里。在《奥瑟罗》第五幕第二场，奥瑟罗意图掐死正在床上熟睡的苔丝狄蒙娜，把她比作自己即将摘下的蔷薇：

> 只是为了这一个原因，只是为了这一个原因，我的灵魂！纯洁的星星啊，不要让我向你们说出它的名字！只是为了这一个原因……可是我不愿溅她的血，也不愿毁伤她那比白雪更皎洁、比石膏更腻滑的肌肤。可是她不能不死，否则她将要陷害更多的男子。让我熄灭了这一盏灯，然后我就熄灭你的生命的火焰。融融的灯光啊，我把你吹熄以后，要是我心生后悔，仍旧可以把你重新点亮；可是你，造化最精美的形象啊，你的火焰一旦熄灭，我不知道什么

---

① 朱生豪译。

地方有那天上的神火，能够燃起你的原来的光彩！我摘下了蔷薇，就不能再给它已失的生机，只好让它枯萎凋谢；当它还在枝头的时候，我要嗅一嗅它的芳香。[①]

在《哈姆莱特》第四幕第五场，当身着稻草和鲜花，装扮得奇异古怪的奥菲利娅上场时，雷欧提斯悲叹道：

啊，五月的蔷薇！亲爱的女郎，好妹妹，奥菲利娅！天啊！一个少女的理智，也会像一个老人的生命一样受不起打击吗？人类的天性由于爱情而格外敏感，因为是敏感的，所以会把自己最珍贵的部分舍弃给所爱的事物。[②]

樟叶蔷薇

莎士比亚把奥菲利娅比作五月的蔷薇，在他心中，这蔷薇极可能是樟叶蔷薇（学名*Rosa majalis*，英文名cinnamon rose）。根据帕

① 朱生豪译。

② 朱生豪译。本书译者把其中的“玫瑰”改为“蔷薇”（原文rose）。

金森[1]所述，这种蔷薇呈浅红色，分单瓣和双瓣两种，因散发肉桂的香气而得名。在蔷薇当中，樟叶蔷薇基本上是最早开花的种类，花期大约在5月中旬，偶尔也在5月初盛开。

在《爱的徒劳》第五幕第二场，公主和鲍益之间有如下对话：

公主：他们还会回来吗？

鲍益：他们会来的，他们会来的，上帝知道；虽然打跛了脚，他们也会高兴得跳起来。所以把你们的礼物各还原主，等他们回来的时候，像芬芳的蔷薇一般在熏风里开放吧。[2]

在《仲夏夜之梦》第二幕第一场，仙后对奥布朗说：

执掌潮汐的月亮，因为再也听不见夜间颂神的歌声，气得脸孔发白，在空气中播满了湿气，人一沾染上就要害风湿症。因为天时不正，季候也反了常：白头的寒霜倾倒

---

① 约翰·帕金森（John Parkinson，1567—1650），英国著名植物学家、药剂师。曾担任英国斯图亚特王朝国王詹姆士一世的药剂师，在国王查理一世统治期间担任皇家植物学家。帕金森还亲自种植各种植物，是英国当时最杰出的园艺家。帕金森著有两部传世典籍，一部是《人间天堂：阳光下的公园》（*Park-in-Sun's Terrestrial Paradise*，1629），这部著作介绍各类植物的栽培方法，全书共分三部分：花园、菜园和果园。本书作者多次引用帕金森该著作中的内容。另外一部是《植物文集》（*The Botanical Theatre or Theatre of Plants*，1640），帕金森在其中专门介绍了种植药草的方法。

② 朱生豪译。

在红颜的蔷薇的怀里，年迈的冬神却在薄薄的冰冠上嘲讽似的缀上了夏天芬芳的蓓蕾的花环。[①]

在《理查三世》第四幕第三场，莎士比亚把遇害的孩子们的嘴唇比作蔷薇：

他俩这样相互抱住，白蜡似的纯洁臂膀缠得好紧；那嘴唇就像枝头的四瓣红蔷薇，娇滴滴地在夏季的馥郁中亲吻。[②]

① 朱生豪译。

② 方重译。本书译者把其中的"玫瑰"改为"蔷薇"（原文 roses）。

# 第二章 《暴风雨》[①]

这部剧作提到的植物有帚石楠、荆豆、英国染料木、洋常春藤、野苹果、栗根芹、金雀儿/金雀花、黄花九轮草/莲香报春花和欧洲椴。

在《暴风雨》第一幕第一场，船在海上航行，绝望的贡柴罗说：

> 现在我真愿意用千顷的海水来换得一亩荒地；帚石楠，荆豆，什么都好。照上天的旨意行事吧！但是我倒宁愿死在陆地上。[②]

① 这部剧作首次出版于1623年，第一对开本。——原注

② 朱生豪译。本书译者把其中的“草莽荆棘”改为“帚石楠，荆豆”（原文long heath，brown furze）。

**帚石楠**（学名*Calluna vulgaris*，英文名long heath），在英国许多地方又叫ling，heth，heather。威廉·特纳[1]医生在1562年出版的《草本志》一书中写道："诺森伯兰郡的帚石楠是我见过长得最高的，那里的帚石楠甚至可以容人藏身。"帚石楠大量生长于荒野、草原，七八月份到达花期。其枝条可用来做成扫帚，叫作石楠扫帚，帚石楠的希腊名因而叫作calluna[2]。

帚石楠

**荆豆**（学名*Ulex europaeus*，英文名brown furze），英文俗名又叫gorse，goss，花朵呈明黄色，花期持续达大半年时间。荆豆生长于

---

① 威廉·布里恩（William Bulleyn）在1579年出版的《疼痛和医生的对话》（简称《对话》，*Dialogue between two Men, the one called Soreness, and the other Chirurgi*）中谈到特纳医生，他说："有谁会忘记杰出的威廉·特纳（William Turner）医生呢？我要把他的博学和才华留给机智诙谐的康拉德·盖斯纳去评论，他会给予特纳医生不朽的赞美。不过，我还是要加一句，他的《草本志》（*Herbal*）会万古长青，只要我们这些凡夫俗子的脑子里还记得狄奥斯科里迪斯（Dioscorides，希腊医生，约公元20年生于今天的土耳其，曾在罗马军队中任外科医生，他写的五本名为《药典》的书，是西方世界最早的系统的药典，它的出版大大鼓舞了以后的植物研究。——译者注）一天，威廉·特纳的《草本志》就一天不会磨灭。"——原注

② calluna的字面意思是"美化、清扫干净"。

荆豆

干燥裸露的公共牧地，构成英国独特的自然景观。它常生长在贫瘠的地方。[①]

在《暴风雨》第四幕第一场，爱丽儿提到了尖齿的灌丛、锐利的荆豆、多刺的goss和荆棘。

莎士比亚用“尖齿”一词来修饰带刺的灌丛非常恰当，因为我们平常所说的刺确实形同牙齿。剧中提到的多刺的goss实际是指英国染料木（学名*Genista anglica*，英文名petty whin），在莎士比亚时代以前它一直都被叫作goss。在15世纪亨利六世统治期间，格洛斯特公爵汉弗莱获得国王授权，圈起来200英亩[②]的土地，建立了格林尼治公园，里面有牧场、树林、帚石楠、金雀儿、荆豆、英国染料木（英国议会档案，第四卷第498页）。可见，当时的人们已经把furze和goss区别开来，把它们看作不同种类的荆棘，莎士比亚显然也持同样的看法。

---

① 托马斯·汉墨（Thomas Hanmer，1677—1746，莎士比亚作品集的早期编者之一。——译者注）把莎士比亚的这段文字解读为ling，heath，broom furze，我却认为应该解读为long heath，brown furze（帚石楠和荆豆），因为ling，heath或heth是异名同物，而莎士比亚不可能在同一处用两个不同名称来表示同一种植物。——原注

② 约1214亩。

在《暴风雨》第一幕第二场（岛上），普洛斯彼罗向米兰达谈起他弟弟的忘恩负义时说道：

> 他简直成为一株洋常春藤，掩蔽了我参天的巨干，而吸收去我的精华。①

**洋常春藤**（学名*Hedera helix*，英文名ivy），英文俗名又叫common ivy，是一种常绿攀缘植物，枝条常常攀爬在周围的树木上，导致这些树木被它的枝叶遮蔽而遭到损害。这种洋常春藤在10月和11月开花，是英国唯一一种常春藤。

在《仲夏夜之梦》第四幕第一场，仙后对小丑说道：

> 洋常春藤也正是这样缱绻着榆树的皱折的臂枝。②

在《错误的喜剧》第二幕第二场，阿德里安娜把洋常春藤称作偷取阳光雨露的常春藤。

莎士比亚时代的农民普遍认为，洋常春藤通过摄取宿主的汁液

---

① 朱生豪译。本书译者根据拉丁学名把其中的“常春藤”改为“洋常春藤”（原文ivy）。

② 普林尼在《博物志》一书中有关于雌雄洋常春藤之间的区别的描述。——原注。该选段为朱生豪译。本书译者把其中的“女萝”改为“洋常春藤”（原文the female ivy）。——译者注

和水分危害树木。塔瑟[①]在关于5月份农业管理的几点建议中写道："5月到10月要休耕，为什么呢？因为这一时期，在林间种植任何庄稼树木都不会存活。必须除掉树木上紧紧缠绕的洋常春藤，树木才不会腐枯。"

洋常春藤

在霍兰[②]翻译的普林尼[③]的《博物志》第16卷中有相关描述：绿色的洋常春藤比大部分植物都长得高，它靠摄取树木的汁液和水分吸收养分，

---

① 托马斯·塔瑟（Thomas Tusser，1524—1580），英国诗人、农夫，1557年出版《关于农业管理的一百条建议》（*A Hundred Good Points of Husbandry*），该书在1573年扩充再版，成为《关于农业管理的五百条建议》（*Five Hundred Good Points of Husbandry*）。塔瑟在书中以诗歌的形式介绍了农耕经验和英格兰的乡村风俗，为后人深入了解英国都铎王朝时期的社会生活提供了素材。

② 菲利蒙·霍兰（Philemon Holland，1552—1637），英国中学校长、医生、翻译家，成功翻译了李维乌斯、色诺芬的历史书和普林尼的《博物志》等著作。

③ 盖乌斯·普林尼·塞孔都斯（Gaius Plinius Secundus，公元23—79），为与其养子小普林尼相区别，世称老普林尼，古罗马作家，以其所著《博物志》（*Natural History*，又译《自然史》）著称。该书共37卷，是一套庞大而渊博的百科全书，其内容包罗万象，上自天文，下至地理，夹杂和整合了有关农林业、园艺、航海、建筑、医药卫生、语言文字、绘画雕刻、政治管理、战争等许多实际事务方面的内容，而且插叙了许多寓言、传说和逸闻趣事等。在17世纪以前的欧洲，《博物志》是自然科学方面最权威的著作之一。

供自己生长，最终其他树木枯死，而它却长得如树木一般粗壮。

威廉·布里恩在1562年撰写的《药草书》(*Book of Simples*)中(见1597年版，第39页)也谈到洋常春藤:“如此邻居为一害，凡被其攀缘的树木，皆枯萎而死，而洋常春藤自身却始终绿意盎然。”①

在《暴风雨》第二幕第二场，凯列班对特林鸠罗说:

> 请您让我带您到长着野苹果的地方，我要用我的长指爪给您掘出栗根芹来，把樫鸟的窝指点给您看，教给您怎样捕捉伶俐的小猢狲的法子；我要采成球的榛果献给您；我还要从岩石上为您捉下海鸥的雏鸟。您肯不肯跟我走？②

**野苹果**(学名*Malus domestica*，英文名crab)③，树形矮小，枝叶向四面铺开，果实味酸，常用来做酸果汁。穷人常摘了野苹果生吃或烤着吃。

野苹果树的枝干可用来做成护身的棍棒，莎士比亚在《亨利八世》第五幕第二场中提到了这一用途。

---

① 实际上，洋常春藤的根并不会进入树木的体内，而只是吸附在表面，因此它不是寄生植物。上述那些古老的说法都是不正确的。树木因被洋常春藤遮蔽得不到阳光，才是其最终死因。洋常春藤是常绿植物，冬季不落叶，仍可以生长，因而生长速度比树木快。目前，洋常春藤在世界多个地方已造成一定威胁，被列为入侵植物。

② 朱生豪译。本书译者把其中的“落花生”改为“栗根芹”(原文pig-nut)。

③ 原文的拉丁名*Pyrus malus*为异名。

在《爱的徒劳》第五幕第二场，有一首《冬之歌》，歌词里也提到了野苹果：

当怒号的北风漫天吹响，
　咳嗽打断了牧师的箴言，
鸟雀们在雪里缩住颈项，
　玛莉恩冻得红肿了鼻尖，
炙烤的野苹果在锅内滋啦，
大眼睛的鸱鸮夜夜喧哗。①

此外，莎士比亚还在《仲夏夜之梦》第二幕第一场中提到了野苹果。迫克说：

有时我化作一颗焙熟的野苹果，躲在老太婆的酒碗里，等她举起碗想喝的时候，我就啪的弹到她嘴唇上，把一碗麦酒都倒在她那皱瘪的喉皮上；满肚皮人情世故的婶婶讲着催人泪下的故事。②

---

① 朱生豪译。朱生豪先生把crab译作“螃蟹”，但是根据本书作者的解读，此处应该是指“野苹果”，译者还把译文中的“锅内吱喳”改为“锅内滋啦”（原文 When roasted crabs hiss in the bowl）。

② 朱生豪译。本书译者对其中某些字句做了相应调整。

上述作品提到的“焙熟的野苹果”，是英国当时庆祝新年的传统食品之一。在新年前夜，当一家人用过晚餐，开始一起享用啤酒时，他们会把烤熟的野苹果或苹果、肉豆蔻和白糖放进酒杯或酒碗里，以此来祝愿自己和家人身体健康。

野苹果

英国出现最早的一首英语祝酒歌，是大约16世纪中期的约翰·希尔（John Hill）所作，里面也有关于野苹果的唱词：“我没有烤肉，只有一杯棕色啤酒，和火上焙着的野苹果；一点面包就够了，我想要的不多。暖暖地裹着，浅酌低吟，窗外的风霜雪雨怎奈我何。”①

“火上焙着的野苹果和棕色的啤酒”一句也见于《亨利五世的著名胜利》②这部匿名剧。

① 参见 Ellis，*Spec.* 第二卷第 180 页。——原注

② 这部剧作英文名为：*The Famous Victories of Henry V*，创作于 16 世纪 70 年代，具体年份和作者无法确定。有评论家根据内容推断该剧同样为莎士比亚的作品，莎士比亚把它修改扩充后创作出《亨利四世上篇》、《亨利四世下篇》和《亨利五世》三部作品。

栗根芹

**栗根芹**（学名*Conopodium majus*，英文名pig-nuts）[①]，英文俗名又叫common pig-nut，earth-nut，ground-nut。栗根芹是一种细茎的植物，2—4英尺[②]高，伞状花序，花呈白色。根茎形状与马铃薯的根茎相似。

根据威廉·韦斯特马科特（William Westmacott）在《圣经植物志》（*Scripture Herbal*，1695）一书中的描述："栗根芹的块茎可以像栗子一样生吃或烤着吃，外国人还像我们吃萝卜一样把它拿来煮着吃。"

约翰·伊夫林[③]在《沙拉食谱》一书中把栗根芹叫作pig-nuts，hopper-nuts，ger-nuts。他在书中写道，乡下人通常伴着一点胡椒，把栗根芹拿来生吃，要是像煮别的根茎那样把栗根芹

---

① 原文的拉丁名 *Bunium flexuosum* 为异名。

② 约 0.6—1.2 米之间。

③ 约翰·伊夫林（John Evelyn，1620—1706），英国作家、园艺学家，英国皇家学会的创始人之一，曾撰写过有关美术、钱币、园艺、建筑、烹调、神学等著作30余部。本书主要引用他的两部著作：《森林志，又名林木论》（*Sylva，or A Discourse of Forest Trees*，1664）以及《沙拉食谱》（*Acetaria：A Discourse of Sallets*，1699），后者是历史上第一部沙拉专著。

煮一下，味道会更加香甜，也更有营养。

**榛果**（英文名filberds） 在莎士比亚的年代，英国已经有人在种植榛树。（详见本书第九章《驯悍记》）

在《暴风雨》第四幕第一场，伊里斯上场，说道：

> 刻瑞斯，最丰饶的女神，我是天上的彩虹，我是天后的使官，天后在云端，传旨请你离开你那繁荣着小麦、大麦、黑麦、燕麦、野豌豆、豌豆的膏田；离开你那羊群所游息的茂草的山坡，以及饲牧它们的满铺着刍草的平原；离开你那生长着芍药和睡莲的堤岸，多雨的四月奉着你的命令而把它装饰着的，在那里给清冷的水仙女们备下了洁净的新冠；离开你那为失恋的情郎们所爱好而徘徊其下的金雀花的薮丛；你那牵藤的葡萄园；你那荒瘠磽确的海滨，你所散步游息的所在：请你离开这些地方，到这里的草地上来，和尊严的天后陛下一同游戏；她的孔雀已经轻捷地飞翔起来了，请你来陪驾吧，富有的刻瑞斯。[①]

---

① 朱生豪译。本书译者把其中的“野豆”改为“野豌豆”，因为原文中的vetches指的是野豌豆属（*Vicia*）植物；此外，译者还把“立金花”改为“芍药”（原文peony），把“蒲苇”改为“睡莲”（原文lily）。

**芍药和睡莲**（英文名 peonies, lilies） 在莎士比亚其他作品集中，上文的第三分句被解读为“生长着各色野花的堤岸”，我认为这一解读有误，莎士比亚所描写的更有可能是“生长着芍药和睡莲的堤岸”。

英国人在莎士比亚的年代已经开始栽种芍药。据杰勒德记载，它被称作“贞洁之花”或“少女之花”（virgin flower 或 maiden flower）。布里恩称它为“贞洁草”（chaste herb）。在过去几百年间，英国一直有野生睡莲生长，它们在河边、湖畔和溪流中随处可见。据普林尼记载，睡莲被用来装饰花冠或花环，在霍兰翻译的《博物志》中，睡莲被称作“贞洁的守护者”。特纳医生在《草本志》中也提到睡莲的这一品质。①

白睡莲

河堤的边缘，又叫河沿，那里常有睡莲紧挨着生长，若河堤上又开着芍药，便出现了莎士比亚作品

① 如果有读者认为睡莲并非生长在陆地上，从而拒绝接受这一解读，那么也可以考虑水仙的可能性。水仙在英国同样常见，它多生长在树林、草地或水边。水仙在 4 月开花，跟芍药的花期相同。如果有读者认为以上两种花都没有可能，我还有最后一个建议，那就是黄色水鸢尾。它生长在河边，也叫 lily，莎士比亚在《冬天的故事》里也提到过它。杰勒德把这种花叫作 *Iris palustris lutea* 或 Floure de duce。在多数草地、河岸、湖畔和停蓄湖都生长茂盛。——原注

里描写的“生长着芍药和睡莲的堤岸”。

由约书亚·西尔维斯特（Joshua Sylvester）翻译的迪巴尔塔斯[①]的诗作《神圣的日子》（*Divine Weeks*，1605）中用以下诗句来描写伊甸园里的亚当：

> 不久以后，他迈着轻松的脚步，沿着长满睡莲的清澈的岸边走去。

弥尔顿在假面剧《阿卡迪斯》[②]中作有如下诗句：

> 在拉宗河铺满沙砾的堤岸，浮着睡莲。

如果莎士比亚没有在作品里描写芍药和睡莲，我们就无从得知正派的仙子们用了哪些花来编织她们的贞洁花环，这是我摘取上述选段的缘由。

芍药

---

① 沙吕斯特·纪尧姆·德·迪巴尔塔斯（Guillaume de Salluste Du Bartas，1544—1590），法国著名诗人。

② 《阿卡迪斯》（*Arcades*）是1634年弥尔顿为达尔比伯爵遗孀的75岁生日会所作的假面剧，是《科玛斯》（*Camus*）的前身。

**金雀儿/金雀花**（学名*Cytisus scoparius*，英文名broom，common broom）[①]，五六月开花，花朵较大，呈鲜黄色。金雀儿高约8英尺[②]，可在炎炎夏日遮出一片凉爽的树荫。特纳医生曾引用卡尔普尔尼乌斯[③]对金雀儿的描述："它们在坚硬的荆条下舒展着柔美的一面。"

有位评论家在针对上述剧作选段的注解中指出，金雀儿根本无

金雀儿

① 原文还有一个拉丁名*Sarothamnus scoparius*，有可能是金雀儿当时的异名或者作者的笔误。

② 约2.4米。

③ 卡尔普尔尼乌斯（Titu Calphurnius Siculus），古罗马诗人，生活在约公元1世纪左右。

法遮阴。他的这一观点是错误的，他或许从未见过莎士比亚眼中的金雀儿。

在《暴风雨》第五幕第一场，爱丽儿唱道：

蜂儿吮啜的地方，我也在那儿吮啜；
在一朵黄花九轮草的冠中我躺着休息；
我安然睡去，当夜枭开始它的鸣咽。
骑在蝙蝠背上我快活地飞舞翩翩，
快活地快活地追随着逝去的夏天；
　快活地快活地我要如今
　向垂在枝头的花底安身。[①]

**黄花九轮草/莲香报春花**（学名*Primula veris*，英文名cowslip），是一种英国人熟知和喜爱的观赏植物，多生长在牧场和草坪，5月份到达花期。黄花九轮草是仙女们最喜爱的花，迈克尔·德雷顿[②]曾作

黄花九轮草

① 朱生豪译。本书译者把其中的“莲香花”改为“黄花九轮草”（原文cowslip）。

② 迈克尔·德雷顿（Michael Drayton，1563—1631），英国诗人，此处引用的诗句出自其《仙女的国度》（*The Court of Fairies*）一诗。本书作者引用的《多福之国》（*Polyolbion*）同样出自德雷顿笔下。

诗，描写仙女们对5月清晨的印象。他说，在仙后那儿，最好的恭维就是一朵美丽的黄花九轮草。

在《仲夏夜之梦》第二幕第一场，小仙女在谈及仙后时说：

亭亭的黄花九轮草是她的近侍，
黄金的衣上饰着点点斑痣；
那些是仙人们投赠的红玉，
中藏着一缕缕的芳香馥郁；
我要在这里访寻几滴露水，
给每朵花挂上珍珠的耳坠。①

在《辛白林》第二幕第二场，阿埃基摩看到伊摩琴胸口的一颗痣，把它比喻成黄花九轮草花冠上的红斑：

在她的左胸还有一颗梅花形的痣，就像黄花九轮草花心里的红点一般。②

这一描述体现了莎士比亚对自然事物的观察细致入微，连一些植物学家也不曾注意到黄花九轮草的花冠上有五个红点。

莎士比亚在《亨利五世》第五幕第二场把黄花九轮草称作满脸

---

① 朱生豪译。本书译者把其中的“莲馨花”改为“黄花九轮草”（原文 cowslips）。
② 朱生豪译。本书译者把其中的“莲香花”改为“黄花九轮草”（原文 cowslips）。

雀斑的黄花九轮草。

在《暴风雨》第五幕第一场，爱丽儿在对普洛斯彼罗的回答中提到欧洲椴：

> 在荫蔽着你的洞室的那一列欧洲椴底下聚集着这一群囚徒；你要是不把他们释放，他们便一步路也不能移动。国王、他的弟弟和你的弟弟，三个人都疯了；其余的人在为他们悲泣，充满了忧伤和惊骇。[1]

欧洲椴

现在我们所说的椴树（英文名 line-tree，linden tree，lime-tree），是欧洲椴（学名 *Tilia europaea*，英文名 European lime），一种形态优美的乔木，树干高大，树荫浓密，过去常被种在主干道的两旁。欧洲椴枝干结实，即使有狂风，也不易被折断，因此，用欧洲椴来为普洛斯彼罗的房屋挡风遮雨是最好不过的选择。英

① 朱生豪译。本书译者把其中的“大菩提树”改为“欧洲椴”（原文 line-grove）。

国人在莎士比亚诞生前便已经在种植欧洲椴。杰勒德曾说过："这种乔木树荫浓密，粗大树干的旁边或里面可搭建避暑小屋或宴会拱廊。在英国财政大臣位于河岸街[①]的花园里和许多其他地方都能见到欧洲椴。"

① 河岸街（Strand，音译斯特兰德街）是伦敦市西敏城一条街道的名称。河岸街西起特拉法加广场，东至伦敦城圣殿关处与舰队街会合。12 世纪以降，在河岸街沿线尤其是南边，豪宅鳞次栉比，主人多为主教或朝臣。

# 第三章 《温莎的风流娘儿们》[①]

这部剧作提到的植物有夏栎/英国栎[②]、甘薯[③]、滨海刺芹和黑果越橘。

在《温莎的风流娘儿们》第四幕第四场，培琪大娘对福德大娘说：

有一个古老的传说，说是曾经在这儿温莎地方做过管林人的猎夫赫恩，鬼魂常常在冬天的深夜里出现，绕着一株夏栎兜圈子，头上还长着又粗又大的角，手里摇着一串链子，发出怕人的声音；他一出来，树木就要枯黄，牲畜

① 这部剧作首次出版于 1623 年，第一对开本。——原注

② 原文的英文名为 oak，拉丁名为 *Quercus robur*，应指夏栎 / 英国栎。

③ 原文的英文名为 potato，可指代甘薯（sweet potato）和马铃薯（common potato）两种不同的植物。根据英国《植物学刊》上发表的书评，莎士比亚剧中的植物应是甘薯（学名 *Ipomoea batatas*）。

就要害病，乳牛的乳汁会变成血液。[1]

夏栎

在温莎一带的人们把这棵树叫作“赫恩夏栎”，直到后来乔治三世下令将其伐掉。这棵树被砍伐时应该是一棵参天古树，因为在250年前的莎士比亚时代，它就已经是一棵颇为高大的树了。根据米勒[2]在《园丁的字典》里的描述，“这是一株树围约24英尺[3]的大树”。查尔斯·奈特（Charles Knight）在他编纂的莎士比亚全集里记载了1800年左右有关赫恩夏栎的一次对话。那年，伊利夫人（Lady Ely）向国王乔治三世问起赫恩夏栎，乔治三世说，在他还年轻时，有报

① 朱生豪译。本书译者根据拉丁名把其中的“橡树”改为“夏栎”（原文 oak）。

② 菲利普·米勒（Philip Miller，1691—1771），英国植物学家、园艺师，致力于研究世界各地的植物，并将其引进到英国栽培。其著作《园丁的字典》（*The Gardener's Dictionary*）是被广泛引用的文献。该书首次出版于1731年，在他的一生中共出版了八个版本。

③ 约7.3米。

告说花园里的一些老栎树有碍观瞻，建议将其砍掉。于是，他下令把此类树木统统砍掉。后来他十分懊悔自己下达了这一草率的命令，因为他发现赫恩夏栎也在被砍之列。[①]

莎士比亚在《皆大欢喜》第四幕第三场对老栎树做了如下生动的描写。奥列佛对西莉娅说道：

> 年轻的奥兰多上次跟你们分别的时候，曾经答应过在一小时之内回来；他正在林中行走，品味着爱情的甜蜜和苦涩，瞧，什么事发生了！他把眼睛向旁边一望，你瞧，他看见了些什么东西：在一株满覆着苍苔的秃顶的老栎树之下，有一个不幸的衣衫褴褛须发蓬松的人仰面睡着。[②]

莎士比亚在《科利奥兰纳斯》里多次提到夏栎枝被罗马的胜利者们用来编成花环。在第二幕第二场，考密涅斯在讲述科利奥兰纳斯16岁时的征战功绩时说：

---

① 星期一早晨，已被严重毁坏的赫恩夏栎在遭到最后一击后倒地。在距此20多年以前，曾经有一根树枝从树干上折落下来，这根树枝一直被完好地保存在温莎城堡的皇家储藏室。从那时起一直到它被砍的那天，这棵著名的夏栎就被栅栏圈围起来，并挂上木牌，上面刻着《温莎的风流娘儿们》里的引言。关于赫恩夏栎究竟是哪棵树，很多评论家莫衷一是。在1742年伊顿出版的温莎城堡和塔楼平面图中，标有这株夏栎的明确位置，它被标注为“福斯塔夫夏栎”。至此，仙子们的林间谷地已经被部分填封了，但在为过世的阿尔伯特亲王动土的过程中，人们发现了大量深埋在地下的竖立的夏栎树干，于是人们又忆起关于这棵树的故事。引自1863年8月的《泰晤士报》。——原注

② 朱生豪译。本书译者把其中的“老橡树”改为“老栎树”（原文old oak）。

那些鬈鬈多须的大汉被白皙韶秀的他追赶得没命奔逃。他跨过了一个被压倒在地上的罗马人的身体，当着执政的面，手刃了三个敌人；塔昆也和他亲自对垒，被他打了下来。在那一天的战绩里，他本来可以做一个怯懦不前的妇女，但他证明了自己是战场上顶勇敢的男子，为了旌扬他的功勋，他的额上被加上了夏栎的荣冠。[①]

在第五幕第二场，守卒乙谈到科利奥兰纳斯时说：

我们的主将是个好汉；他是岩石，是风吹不折的夏栎。[②]

在《温莎的风流娘儿们》第五幕第五场（温莎林苑中的另一部分），福斯塔夫在赫恩夏栎下等待大娘们的时候说：

让天上落下甘薯般大的雨点来吧，让它配着淫曲儿的调子响起雷来吧，让糖梅子、春情草像冰雹雪花般落下来吧，只要让我躲在你的怀里，什么泼辣的大风大雨我都不怕。[③]

**甘薯**（英文名potatoes），杰勒德在《草本志》（出版于1597

---

① 朱生豪译。本书译者把其中的“橡叶”改为“夏栎”（原文 oak）。

② 朱生豪译。本书译者把其中的“橡树”改为“夏栎”（原文 oak）。

③ 朱生豪译。本书译者根据作者的解读把“马铃薯”改为“甘薯”（原文 potatoes）。

年，19年后莎士比亚过世）中记载了*Sisarum peruvianum*，*Batata hispaniorum*，他说："我们通常把这种植物（在某些地方叫作*Sisarum peruvianum*或*Skyrrets of Peru*）叫作potato[①]。它的茎长而柔韧，表面粗糙，像南瓜茎一样匍匐在地上。茎上生绿色的三角形叶子，跟野黄瓜的叶子相像。所有针对它的介绍，都很少有关于花朵的描写。这种植物原生于印度、巴巴里、西班牙及其他热带地区；我在自家花园栽种了不同种类的根茎（我从伦敦市场上买来的），它们在冬天到来前长得很旺盛，可一旦到了冬天，它们便枯败了。人们通常把它放在火炭上烤着吃。有人把它烤熟后泡在葡萄酒里吃；有人为了让口感更香甜，把它和李子干一起煮了吃；还有人把它烤熟后，加上油、醋、盐等调料一起吃。总之，人们根据各自的口味和喜好选择吃法。无论是哪一种吃法，身体都能得到滋补，变得更加强壮。"杰勒德还介绍了马铃薯（学名*Solanum tuberosum*，英文名common potato），他说无论是在火炭里烧烤，还是煮了后调上油、醋和胡椒，抑或是有经验的厨师用什么别的调料弄来吃，都很美味。

德雷顿、海伍德（Heywood）、本·琼生、德克（Decker）、米德尔顿（Middleton）、格林（Greene）、约翰·哈林顿（John Harrington）和其他人都一致认为甘薯美味滋补。霍林斯赫德[②]在对

---

① 原文关于potato的上述拉丁名可能是错误的，根据文章的描述，这里的potato应该是甘薯。

② 拉斐尔·霍林斯赫德（Raphael Holinshed，1529—1580），英国编年史作家，著有《英格兰、苏格兰、爱尔兰编年史》（*The Chronicles of England，Scotland，and Ireland*），是莎士比亚创作历史剧时的主要参考书目。

英格兰的描述中写道："至于甘薯这类美味的根茎类食物，自然不必多说。"

在《特洛伊罗斯与克瑞西达》第五幕第二场，奢靡这个魔鬼被描写为有着像甘薯一样粗的手指，同样表明了它的上述特点。

福斯塔夫所说的potato实际上是欧亚泽芹（学名*Sium sisarum*，英文名skirret），它属于伞形科，跟马铃薯大不相同。[①]

滨海刺芹

**滨海刺芹**（学名*Eryngium maritimum*，英文名eringo），英文俗名sea-holly，sea-hulver，sea-holme，是一种粗壮坚硬的带刺植物，茎叶呈灰绿色，常生长在海边沙地上。它的花呈蓝紫色，头状花序，花期在七八九三个月。滨海刺芹的根茎粗厚，可深入沙地许多英尺。

在莎士比亚时代，人们把滨海刺芹的根用糖腌渍做成甜食，

---

① potato和skirret属于两种完全不同的植物。作者将莎士比亚剧作中福斯塔夫口中的potato解读为skirret，却并未提供合理解释。英国《植物学刊》上发表的书评指出此处为明显误解。故本书译者未按作者解读翻译，而仍将引用的莎士比亚剧作选段中的potato译为"甘薯"。

他们相信这种甜食有提神、滋补的功效。特纳医生专门介绍了这些福斯塔夫之流寻欢作乐时渴望拥有的特效，并补充说："在我们所处的年代，有人把它的根放进糖里腌制，以求同效。"杰勒德做完介绍后又评论说："滨海刺芹的根，经糖腌渍或加糖储存后，对身体衰弱、需要滋补的老年人来说，大有裨益。它不仅能为老年人补充精力，还能弥补年轻人体质上的先天不足。"

约翰·马斯顿[①]在《冒牌的谄媚者》(*Parasitaster*, *or the Fawne*)里也提到了滨海刺芹。"但是，多情先生，我听说，你在爱护腰子这方面颇有学问，专门收集滨海刺芹、干斑蝥、溶解了的珍珠汁，还有碾碎的琥珀。"

德雷顿在收入《多福之国》的第一首诗歌里写道："我们的海岸长满了滨海刺芹，让精疲力竭的人恢复元气的，正是它的根。"

理查德·卡鲁在《康沃尔郡概况》中描述了可食用和制药的药草和根茎，他写道："把滨海刺芹的根泡在糖浆里或裹上糖存放，可获得一剂良药。"

在同一幕中[②]，毕斯托尔对精灵们说：

众精灵，静听召唤，不许喧吵！

① 约翰·马斯顿（John Marston，1576—1634)，英国戏剧家、讽刺作家，代表作有社会讽刺喜剧《愤世者》及精巧的讽刺喜剧《荷兰妓女》。

② 该选段出自《温莎的风流娘儿们》第五幕第五场。

蟋蟀儿，你去跳进人家的烟囱，
看他们炉里的灰屑有没有扫空；
我们的仙后最恨贪懒的婢子，
看见了就把她拧得跟黑果越橘一样青紫。[①]

黑果越橘

**黑果越橘**（学名*Vaccinum myrtillus*，英文名bilberry，whortleberry），生长在树林荒野间，高约12英尺[②]，5月开花，结出的浆果较小，呈蓝黑色，味道香甜可口。黑果越橘的浆果颜色跟人的皮肤被拧后留下的瘀青颜色相像。杰勒德写道："它被叫作black whortle，hurtle worts，whortleberry，bilberry，有些地方的人管它叫whinberry；英国海格特附近有一个叫芬奇利的森林，里面生长着黑果越橘，它的浆果能把食用者的嘴唇染成黑色。"

① 朱生豪译。本书译者把其中的"浑身"青紫还原为原文的比喻"跟黑果越橘一样"青紫（as blue as bilberry）。

② 约3.7米。

# 第四章 《一报还一报》[①]

这部剧作提到的植物有毛桦、欧楂和牛蒡。

在《一报还一报》第一幕第三场，公爵对托马斯神父说：

我们这儿有的是严峻的法律，对于放肆不驯的野马，这是少不了的羁勒，可是在这十四年来，我们却把它当作具文，就像一头蛰居山洞、久不觅食的狮子，它的爪牙全然失去了锋利。溺爱儿女的父亲倘使把毛桦条束置不用，仅仅让它作为吓人的东西，到后来它就会被孩子们所藐视，不会再对它生畏。我们的法律也是一样，因为从不施行的缘故，变成了毫无效力的东西，胆大妄为的人，可以把它

① 这部剧作首次出版于1623年，第一对开本。——原注

恣意玩弄；正像婴孩殴打他的保姆一样，法纪完全荡然扫地了。①

**毛桦**（学名*Betula pubescens*，英文名birch，common birch）②，是一种常见乔木，常生长在山区或干燥的地方。在伦敦，人们把毛桦作为观赏树木种植。毛桦枝干坚硬，用途多样，莎士比亚只提到它用作体罚的功能。似乎很早以前毛桦条就开始被用作惩戒的工具。托马斯·哈曼③在木刻版的《告诫游民》（1566年刊印）一书中写道：

毛桦

以下三样东西同属一类，
棍子、笞帚和呼啸的鞭子；
桦条笞帚是用来管教小孩子的，
结实的长棍是用来对付歹徒的；
要是不再需要，便可拿鞭子，

① 朱生豪译。本书译者把其中的"藤鞭"改为"毛桦条"（原文twigs of birch）。

② 原文的拉丁名*Betula alba*为异名。

③ 托马斯·哈曼（Thomas Harman，生卒年月不详），在1547—1567年间比较活跃。著有《告诫游民》（*A Caveat or Warning for Common Cursitors，vulgarly called Vagabonds*）一书，书中介绍了游民的生活、社会、技艺以及他们的分类和黑话。后来有人评价他为社会学家。

把它们一捆，用来扫地。

然而，该书作者又在另一处写道，只要把一束毛桦条的一端和中间绑牢，就是一根鞭子。他紧接着又说："要是鞭子抽得好，会在后背和全身留下血印；在所有的惩戒工具里，鞭子最有效，毕竟亲身感受是最好的老师，最具说服力。"

杰勒德借用普林尼的话来介绍毛桦的本质和特性，他说："在过去，治安官手里的棍子是拿毛桦枝做的，今天的小学校长和家长们，依旧用毛桦条制作体罚工具，吓唬孩子们。"①

① 根据莎士比亚的观察，植物王国里还有一个种类也被用作惩治违法乱纪者的工具：麻绳。在《亨利五世》第三幕第六场，毕斯托尔对弗鲁爱林说道："命运，是巴道夫的对头，对他紧皱着眉头；只因为他偷了一个圣餐匣，就得上绞刑——这样的死法不好受！倒不如让绞刑架放过了人去换一只狗；可别叫麻绳套住了他的喉咙，连气都没法透一口。怎奈爱克塞特下了一道命令，判他死罪，就是为了那只不值钱的圣餐匣。所以，请你去讨个情吧，公爵自会听从你的话；千万别叫巴道夫的生命线给那烂草绳切断了，还要千人咒来万人骂。"（这段引文为方平译。——译者注）

布里恩在《药草书》里有一段奇特的描写，其中也提到了麻绳："太不可思议了。有一种草，被那些爱开玩笑的人们戏称为绞索、脖子草、特里斯特拉姆绳结（英国执行绞刑时使用的绳结。——译者注）、圣奥德雷斯绳或混蛋兄弟的胸章，只不过是别在左边的胸章，你懂我的意思。"

"太好笑了！你说的这种麻类植物，有许多有趣的名字。我可从来没听说别的什么草有类似你说的脖子草之类的名字。我保证你想知道除了做成麻绳外脖子草还有什么用处。有些年轻人，一天到晚游手好闲，既没学问又不愿意干体力活；还有一些年轻人学医学了那么久，把他主子的钱袋子一扫而光，或者叫他的钱柜、商铺和账房大出血。这种情况下，麻绳就能派上用场。还有些行医者，虽然业务熟练，却也可能在行医时一时鲁莽，导致他的父亲、主子和朋友忽然间不得不蒙受巨大损失，而这笔损失又足以让他们一蹶不振，一贫如洗，或彻底破产，锒铛入狱。如果发生上述情况，给这个家伙最好的回报就是脖子草。"参阅富勒（Thomas Fuller）的《英格兰名人传》（*The History of the Worthies of England*）中多塞特郡的"麻绳"。——以上为原注

莎士比亚在下面的选段里提到了欧楂。

在《一报还一报》第四幕第三场，路西奥对公爵说：

> 否则他们就要叫我跟那个烂欧楂结婚了。[①]

在《皆大欢喜》第三幕第二场，小丑对罗瑟琳说："真的，这株树生的果子太坏。"罗瑟琳回答：

> 那我就把它和你接种在一起，把它和爱乱缠的欧楂接种在一起；这样它就是地里最早的果子了；因为你没等半熟就会烂掉的，这正是爱乱缠的欧楂的特点。[②]

在《雅典的泰门》第四幕第三场，艾帕曼特斯与泰门之间有如下对话：

> 泰门：我从不吃自己讨厌的东西。
>
> 艾帕曼特斯：你讨厌欧楂？
>
> 泰门：是的，尽管它长得像你。[③]

---

① 朱生豪译。本书译者把其中的"烂婊子"直译为"烂欧楂"（原文 rotten medlar）。

② 朱生豪译。本书译者把其中的"枸杞"改为"欧楂"（原文 medlar）。枸杞属的拉丁名为 *Lycium*，跟欧楂（*Mespilus*）属于不同种类。

③ 朱生豪译文省略了该处对话。

在《罗密欧与朱丽叶》第二幕第一场，茂丘西奥对班伏里奥说：

此刻他该坐在欧楂树下了，希望他的情人就是他口中的欧楂。——啊，罗密欧，但愿，但愿她真的成了你到口的欧楂！①

**欧楂**（学名*Mespilus germanica*，英文名medlar），是一种果树，果实较小，形状有些像苹果，只是顶部略平。欧楂的果实只适于在熟透甚至腐烂后入口。欧楂开出的花较大，呈白色，常被种植在果园和花园里，偶尔也能在灌木丛里见到野生欧楂。

欧楂

莎士比亚在《罗密欧与朱丽叶》里用一个不太雅观的名称来指代欧楂，这个名称与乔叟在《里夫的故事》②前言里使用的名称一模一样。里夫还说：

① 朱生豪译。本书译者把其中的“枇杷”改为“欧楂”（原文medlars）。

② 《里夫的故事》是乔叟创作的《坎特伯雷故事集》所讲述的第三个故事。

我担心我们这些老家伙们，

等到烂掉的那一天，也还没熟透。

欧楂的不雅名称也曾出现在公元10世纪大主教埃尔弗里克使用的语言当中。

在《一报还一报》里，路西奥对公爵说：

不，我一定要陪你走完这条小巷……我就像是牛蒡一样，钉住了人不肯放松……[①]

在《仲夏夜之梦》第三幕第二场，拉山德对赫米娅说：

放开手，你这猫！你这牛蒡子！贱东西，放开手！否则我要像摔掉身上一条蛇那样摔掉你了。[②]

在《特洛伊罗斯与克瑞西达》第三幕第二场，潘达洛斯回答特洛伊罗斯时说：

---

① 该选段出自该剧第四幕第三场。朱生豪译。本书译者把其中的“一根芒刺”改为“牛蒡”（原文 a kind of bur）。

② 朱生豪译。

我们家里的人都是不轻易许诺的，可是一旦许身于人，便永远不会变心，就像牛蒡一样，碰上了身，再也掉不下来。①

牛蒡

**牛蒡**（学名*Arctium lappa*，英文名bur，burdock），是英国大部分地区常见的一种植物。牛蒡的叶片宽大，花紫红色，头状花序，外面有披勾刺的总苞片包裹。因为这些勾刺，牛蒡的苞片常常粘到触碰的东西上，因而有了莎士比亚在上述作品里的描写。正值学龄的孩子们在假期里玩乐取闹的法子，就是拿着牛蒡互相对扔，让它们粘在对方的衣服上。莎士比亚在《皆大欢喜》里提到了这一点。

英国有句谚语：“他们跟牛蒡似的粘在一起。”

---

① 朱生豪译。本书译者把其中的“芒刺”改为“牛蒡”（原文burs）。

# 第五章 《错误的喜剧》[1]

这部剧作提到的植物有榆树、藤蔓植物[2]、常春藤、带刺灌木[3]和苔藓。

在《错误的喜剧》第二幕第二场，阿德里安娜对丈夫说：

来，我要拉住你的衣袖紧紧偎倚，
你是参天的榆树，我是纤弱的藤萝，
藤萝托体榆树，信赖他枝干坚强，
莫让常春藤、带刺灌木和虚度光阴的苔藓偷取你雨露

① 这部剧作首次出版于1623年，第一对开本。——原注
② 原文vine泛指藤蔓植物，无法查明莎士比亚具体指哪种植物。
③ 原文briar泛指带刺灌木，无法查明莎士比亚具体指哪种植物。

阳光！[①]

莎士比亚留意到榆树和藤萝二者之间的关系，并借此对男女之间的情感做出了生动的比喻。相比之下，其他大多数作家则只关注了二者之间的附生关系。

在奥维德创作的《变形记》（桑迪斯译本）里，有“榆树支撑着藤蔓，藤蔓上结有葡萄”这样的语句。被考利[②]赞为“神圣的斯宾塞”的埃德蒙·斯宾塞写过“支撑藤蔓的榆树”的诗句。（参阅《仙后》）

由西尔维斯特翻译的迪巴尔塔斯的《神圣的日子》里也有如下诗句：

> 或者当时藤蔓伸展着她那攀缘的枝丫，柔顺地搭绕在榆树树干上。

在威廉·布朗[③]的长诗《不列颠田园诗》第二首诗歌中写道：

> 那多情的藤蔓千姿百态般地缠绕，她的爱人用盘曲的手臂将她托起。

---

① 朱生豪译。本书译者把其中的“松柏”改为“榆树”（原文 elm），把“野蔓闲苔”改为“常春藤、带刺灌木和虚度光阴的苔藓”（原文 ivy，briar，or idle moss）。

② 亚伯拉罕·考利（Abraham Cowley，1618—1667），17 世纪英国杰出诗人。

③ 威廉·布朗（William Browne，1590—1645），英国田园诗人，主要作品为长诗《不列颠田园诗》（*Britannia's Pastorals*）。

**常春藤、带刺灌木和苔藓**（英文名ivy，briar，and moss） 莎士比亚对以上植物的描写体现出他对植物本性的了解和把握。比起“偷取”，没有哪个词更适合用来修饰常春藤和带刺灌木，因为无论触及什么物体，它们都会攀缘而上，并最终将其覆盖。普林尼认为常春藤“蔓延攀爬”。莎士比亚在《泰特斯·安德洛尼克斯》里把带刺灌木说成粗野生长的带刺灌木。苔藓则静止不动，生长缓慢。斯蒂文斯（Steevens）对“虚度光阴的苔藓”做过一个非常有趣的注解，他说:“苔藓长不出果子，不能生殖，便一无是处啊。”

植物学专门研究植物的本性和繁殖能力，它教我们明白，苔藓虽生长缓慢，却并非毫无用处，也并非没有生殖能力或结不出种子。

# 第六章 《无事生非》[1]

这部剧作提到的植物有香忍冬和圣蓟。

在《无事生非》第三幕第一场，希罗、玛格莱特及欧苏拉上场：

希罗：好玛格莱特，你快跑到客厅里去，我的姊姊贝特丽丝正在那儿跟亲王和克劳狄奥讲话；你在她的耳边悄悄地告诉她，说我跟欧苏拉在花园里谈天，我们所讲的话都是关于她的事情；你说我们的谈话让你听到了，叫她偷偷地溜到给香忍冬密密地纠绕着的凉亭里；在那儿，繁茂的藤萝受着太阳的煦养，成长以后，却不许日光进来，正像一般凭借主子的势力作威作福的宠臣，一朝羽翼既成，

① 这部剧作首次出版于1600年，四开本。——原注

> 却看不起那栽培他的恩人……
>
> 欧苏拉（对希罗说）：钓鱼最有趣的时候，就是瞧那鱼儿用她的金桨拨开银浪，贪馋地吞那陷人的美饵；我们也正是这样引诱贝特丽丝上钩。她现在已经躲在香忍冬的浓荫下面了。您放心吧，我一定不会讲错了话。[①]

香忍冬也出现在《仲夏夜之梦》第四幕第一场，波顿说：咱想要睡他妈的一觉。仙后回答：

> 睡吧，我要把你抱在我的臂中。神仙们，往各处散开去吧。芬芳的香忍冬也正是这样温柔地缠绕；洋常春藤也正是这样缱绻着榆树的皱折的臂枝。啊，我是多么爱你！我是多么热恋着你！[②]

**香忍冬**（学名*Lonicera periclymenum*，英文名honeysuckle，woodbine，woodbind），长在树林、灌丛间，花期自6月持续到9月。香忍冬是一种缠绕茎灌木，开浅黄或红色、白色花朵，散发浓郁的香气。香忍冬总是缠附在周围树木或灌木枝上，是莎士比亚笔下名

---

① 朱生豪译。本书译者把其中的“金银花藤”改为“香忍冬”（原文 honeysuckles）。

② 朱生豪译。本书译者把其中的“菟丝也正是这样温柔地缠附着芬芳的金银花”改为“芬芳的香忍冬也正是这样温柔地缠绕”（原文 So doth the woodbine，the sweet honeysuckle，Gently entwist），把“女萝”改为“洋常春藤”（原文 the female ivy）。

副其实的woodbine[①]。

woodbine这一名称蕴含了它作为缠绕茎植物的本质，而honeysuckle[②]这个名字则包含其花朵的特性，即汁液甘甜。

上述剧中仙后的比喻十分美妙。在莎士比亚时代，香忍冬被视作忠诚的象征，因为香忍冬紧紧缠附在其他植物的枝干上，甚至留下深深的凹痕。

香忍冬

在《无事生非》第三幕第四场：

贝特丽丝：真的，我得病了。

玛格莱特：给你来点圣蓟汁，滴进心里吧，您的心病只能这玩意儿来治。

希罗：你这一下子可刺进她心眼儿里去了。

贝特丽丝：怎么，干吗要圣蓟汁？你这句话是什么意思？

---

① woodbine 的字面意思是"绕木"。

② honeysuckle 的字面意思是"吮吸蜂蜜"。

玛格莱特：意思！不，真的，我一点没有什么意思。我说的就是圣蓟。您也许以为我想您在恋爱啦。[①]

圣蓟（学名 *Centaurea benedicta*，英文名 holy thistle）[②]，即英国一些早期著作里的幸福蓟（blessed thistle），其花萼和总苞生有针刺。圣蓟原生于黎凡特[③]。杰勒德在1597年记述了英国种植圣蓟的情况，并说："人们通常使用它的拉丁名字，叫它 *Carduus benedictus*。"在中世纪，圣蓟在治疗瘟疫、发烧引起的恶性病以及强胃健脾方面表现出特效，并因而得名 *benedictus* 或 *Omnimorbia*[④]。在英国，人们还曾靠饮用小剂量的圣蓟浸汁来预防疾病。

柯根[⑤]在1586年撰写的《健康天堂》中提出，圣蓟汁具有药用价值，认为"这种药草能缓解任何一种令古代医生束手无策的病痛（今天这些病痛已因上帝的特殊庇佑而被我们所了解），真可谓货真价实的赐福草和灵丹妙药"。

---

① 朱生豪译。本书译者把其中的"心药"改为"圣蓟汁"（原文 thistle），并还原了原译文省略的关于"圣蓟"的语句。

② 该植物又叫藏掖花。原文的拉丁名 *Carduus benedictus* 为异名。原文还包括另外一个拉丁名 *Sylibum marianum*，其中文名为"水飞蓟"，是另一种植物，故译者在正文中将其删掉。

③ 地中海东部诸国及岛屿。

④ 意思是赐福草。

⑤ 托马斯·柯根（Thomas Cogan，约 1545—1607），文艺复兴时期英国医生，著有《健康天堂》（*The Haven of Health*）等作品。

希尔[1]在1568年出版的《园艺之道》一书中写道："圣蓟具有很大的药用价值，对于中毒、瘟疫和心脏疾病尤其有特效。它能使人的思维和记忆更加敏锐，并且有助于消除眩晕。"

帕金森在《菜园》中写道："当有传染病或瘟疫爆发时，圣蓟就会派上用场；圣蓟也可用来缓解一些心脏的糟糕症状。"然而，正如有句谚语所说：爱情却是无药可治的。

圣蓟

① 托马斯·希尔（Thomas Hyll，生于约1528年，卒年不详），英国占星家、作家、翻译家，第一部畅销作品为《园艺之道》（*The Profitable Art of Gardening*）。

经巴纳比·古奇[①]扩充后出版的《农业和畜牧业管理技术》一书中有一段关于圣蓟的描述：

> 我在当归旁边种植了许多圣蓟。无论是专业医生还是民间药剂师都推荐圣蓟，认为它能治疗多种疾病。经考证，最初有人把圣蓟从印度带出来献给罗马的腓特烈大帝，就是因为它在治疗因暴饮暴食引发的头痛眩晕方面有特效。圣蓟还可用于医治头晕，提高记忆力和听力。
>
> 为证明圣蓟的解毒功能，他们带来一位鲍伊家族的年轻女子，她因为误食了毒苹果而全身红肿，几乎无药可医，可就在她服下圣蓟汁后，却奇迹般好转了。还有一个男孩，他在田里睡着时，有条小毒蛇爬进了嘴里，他也是在服下圣蓟汁后活过来的。总之，人们已经证实圣蓟的叶子、汁液、种子和浸剂可以治疗各种中毒症状。[②]

托马斯·富勒[③]在《神圣之国》一书中写道："就连圣蓟和欧石楠也有刺呢。"（第12章）

---

① 巴纳比·古奇（Barnaby Googe，1540—1594），英国诗人、翻译家，英国最早的田园诗人之一。其作品包括《农业和畜牧业管理技术》（*The Whole Art and Trade of Husbandry*）等。

② 该书大部分译自德国人康拉德·赫斯巴赫（Conrad Heiresbach）写于1573年的著作。——原注

③ 托马斯·富勒（Thomas Fuller，1608—1661），英国历史学家、教士。富勒是一位多产作家，著有《神圣之国》（*The Holy State*）等作品，尤以《英格兰名人传》而著名。

亚历山大·欧文（Alexander Irvine）在1858年出版的图文并茂的《英国植物手册》（*Handbook of British Plants*）中有关于圣蓟的描写。他还写道："圣蓟通常生长在人们的住所附近，似乎一直伴随着人类的迁徙而迁徙。"

# 第七章 《爱的徒劳》[1]

这部剧作提到的植物有雏菊、堇菜、草甸碎米荠和榕毛茛。

在《爱的徒劳》第五幕第二场，有一首《春之歌》，第一节如下：

当杂色的雏菊开遍牧场，
　蓝的堇菜，白的草甸碎米荠，
还有那榕毛茛吐蕾娇黄，
　描出了一片广大的欣欢。[2]

① 这部剧作首次出版于1598年，四开本。——原注

② 朱生豪译。本书译者把其中的“紫罗兰”改为“堇菜”（原文 violets）；并根据作者提供的拉丁名，把“美人衫”改为“草甸碎米荠”（原文 lady smocks），把“杜鹃花”改为“榕毛茛”（原文 cuckoo buds）。

**雏菊**（学名*Bellis perennis*，英文名 daisy），英国特有的本土物种，全年开花，是最早盛开的报春花之一。雏菊是人人喜爱的植物。莎士比亚剧中人物奥菲利娅的花环里就有雏菊。（参阅《哈姆莱特》）

布朗在《不列颠田园诗》里作有如下诗句：

> 雏菊遍布牧野上，
> 似银色皇冠的一簇金黄。

雏菊

考利笔下的雏菊是“丰腴春天的头一个孩子”。

**堇菜**（英文名 violets），常见的野生蓝色堇菜有香堇菜和犬堇菜两种。香堇菜以其香气得名，花通常呈深蓝色，在早春盛开。犬堇菜花色稍浅些，数量较多，无香气，大多在4月盛开。莎士比亚笔下的堇菜便是二者其中之一，或二者皆在内。

莎士比亚在《维纳斯与阿都尼》长诗中提到的蓝纹堇菜便是犬堇菜。（另见《仲夏夜之梦》中的香堇菜）

**草甸碎米荠**（学名*Cardamine pratensis*，英文名lady smocks）[1]，最早叫作our lady smocks，是一种常见的草甸植物，在早春时节，盛开粉白色的小花。J. E. 史密斯[2]写道，草甸碎米荠像漂白的亚麻布一样遍布草甸。想必lady smocks一名便是由此而来。“它们使人产生关于春天的美好想象，与诸如蓝铃花之类的花儿一同散发田园芬芳。有些作者认为草甸碎米荠初次开花的时节恰逢春季时装潮或复活节之际，因此得名。”

犬堇菜

草甸碎米荠

**Cuckoo buds**　米勒先生在《园丁的字典》里提出莎士比亚笔下的这一植物指的是金发毛茛（学

① lady smock 的字面意思是“女士的罩衫”。

② 詹姆士·爱德华·史密斯（James Edward Smith，1759—1828），英国植物学家，伦敦林奈学会创始人。

名*Ranunculus bulbosus*），我却认为莎士比亚指的是榕毛茛（学名*Ficaria verna*，英文名lesser celandine，pilewort）[①]，因为榕毛茛在早春开花，与诗歌里提到的其他植物花期相同。[②]有位莎士比亚评论家误把cuckoo buds当作布谷鸟剪秋罗（学名*Lychnis flos-cuculi*，英文名 cuckoo flower）。另一位评论家提出此花不可能是布谷鸟剪秋罗，应该是黄花九轮草。以上解读显然都是错误的。《本·琼生作品集》的编辑沃利[③]提出此花可能是藏红花（crocus buds），同样讲不通。

榕毛茛

榕毛茛的黄色小花，跟其他花儿同时盛开，正如诗人所描写的，为草地描上了一抹欢欣。

还有其他一些16世纪的作家这

① 原文的拉丁名 *Ranunculus ficaria* 为异名。

② 1865年英国《植物学刊》上发表的书评指出，榕毛茛长在湿润的树篱边或阴暗的角落，花朵呈暗绿色，显然无法为草甸增添欢欣，因而米勒的解读更加准确，莎士比亚笔下描写的是金发毛茛。

③ 彼得·沃利（Peter Whalley，1722—1791），英国教士、学者、古文物研究者、文学编辑，曾在1756年编纂过七卷本的《本·琼生作品集》。

样描写春天盛开的花儿：

（它们是）美丽的春天之子，是笑意盈盈的春天的翩翩风度，是五彩斑斓的草甸的壮丽和欢欣。

春天还被描写为花神弗洛拉一年一度给大地母亲披上新装、织上缤纷花朵和一切欢愉的时节。

# 第八章 《仲夏夜之梦》[①]

这部剧作提到的植物有黄花九轮草、犬蔷薇、亚洲百里香、牛唇报春、香堇菜、香忍冬、麝香蔷薇、香叶蔷薇、杏、欧洲木莓、萹蓄和大蒜。

在《仲夏夜之梦》第二幕第一场，一小仙和迫克上。

迫克：喂，精灵！你飘流到哪里去？
小仙：越过了溪谷和山陵，
　　穿过了荆棘和丛薮，
越过了围场和园庭，
　　穿过了激流和爝火：

① 这部剧作首次出版于1600年，四开本。——原注

我在各地漂游流浪，
轻快得像是月亮光；
我给仙后奔走服务，
草环上缀满轻轻露。
亭亭的黄花九轮草是她的近侍，
黄金的衣上饰着点点斑痣；
那些是仙人们投赠的红玉，
中藏着一缕缕的芳香馥郁；
我要在这里访寻几滴露水，
给每朵花挂上珍珠的耳坠……

迫克：今夜大王在这里大开欢宴，
千万不要让他俩彼此相见；
奥布朗的脾气可不是顶好，
为着王后的固执十分着恼；
她偷到了一个印度小王子，
就像心肝一样怜爱和珍视；
奥布朗看见了有些儿眼红，
想要把他充作自己的侍童；
可是她哪里便肯把他割爱，
满头花朵她为他亲手插戴。
从此林中、草上、泉畔和月下，
他们一见面便要破口相骂；

小妖们往往吓得胆战心慌，

没命地钻向橡斗中间躲藏。①

众所周知，橡斗是橡树的果实，外壳呈优美的斗杯形。诗人选择橡斗作为小妖们的藏身之所是再合适不过了。

在《皆大欢喜》第三幕第二场，西莉娅向罗瑟琳提起奥兰多：

西莉娅：回答情人的问题，就像数微尘的粒数一般为难。你好好听我讲我怎样找到他的情形，静静地体味着吧。我看见他在一株树底下，像一颗落下来的橡果。

罗瑟琳：树上会落下这样果子来，那真可以说是神树了。②

在《仲夏夜之梦》第二幕第一场：

奥布朗：你已经把花采来了吗？欢迎啊，浪游者！

迫克：是的，它就在这儿。

奥布朗：请你把它给我。

我知道一处亚洲百里香盛开的水滩，

长满着牛唇报春和颔首的香堇菜，

芗泽的香忍冬，馥郁的麝香蔷薇和香叶蔷薇，

---

① 朱生豪译。本书译者把其中的“莲馨花”改为“黄花九轮草”（原文 cowslips）。

② 朱生豪译。

漫天张起了一幅芬芳的锦帷。
有时提泰妮娅在群花中酣醉，
柔舞清歌低低地抚着她安睡；
小花蛇在那里丢下发亮的皮，
小仙人拿来当作合身的外衣。
我要洒一点花汁在她的眼上，
让她充满了各种可憎的幻象。①

**亚洲百里香**（学名 *Thymus serpyllum*，英文名 wild thyme），生长在干燥的荒野和牧地上，叶子较小，开淡紫色的花朵。这种植物散发浓郁的香气，在英国的许多郡县，人们都把它叫作“牧羊人的百里香”。

亚洲百里香

① 朱生豪译。本书译者把其中的“茴香”、“樱草”、“盈盈的紫罗兰”、“野蔷薇”分别改为“亚洲百里香”（原文 wild thyme）、“牛唇报春”（原文 oxlips）、“领首的香堇菜”（原文 nodding violet）、“麝香蔷薇”（原文 musk roses）和“香叶蔷薇”（原文 eglantine），另外，译者也还原了原文中的“香忍冬”（woodbine）。

牛唇报春（学名*Primula elatior*，英文名oxlip），生长在树林牧野之间，四五月份进入花期。牛唇报春跟黄花九轮草一样色彩艳丽，只是花更大些。莎士比亚在《冬天的故事》里称它们是无拘无束的牛唇报春，特别描写了它们繁茂的样子。

牛唇报春

颔首的香堇菜（学名*Viola odorata*，英文名violet），莎士比亚用“颔首”这个词来表现香堇菜花球向下弯曲、低垂的特点。在《第十二夜》第一幕第一场，公爵谈起音乐时说：

> 假如音乐是爱情的食粮，那么奏下去吧；尽量地奏下去，好让爱情因过饱噎塞而死。又奏起这个调子来了！它有一种渐渐消沉下去的节奏。啊！它经过我的耳畔，就像微风吹拂一丛香堇菜，发出轻柔的声音，一面把花香偷走，一面又把花香分送。[①]

---

① 朱生豪译。本书译者把其中的“紫罗兰”改为“香堇菜”（原文violets）。

在《哈姆莱特》第一幕第三场，雷欧提斯对奥菲利娅谈起哈姆莱特时说：

> 对于哈姆莱特和他的调情献媚，你必须把它认作年轻人一时的感情冲动，一朵初春的香堇菜早熟而易凋，馥郁而不能持久，一分钟的芬芳和喜悦，如此而已。[①]

关于香忍冬，详见本书第六章《无事生非》。香忍冬会攀附并覆盖它接触到的任何植物，莎士比亚的描写非常准确。

麝香蔷薇

**麝香蔷薇**（学名 *Rosa moschata*，英文名 musk rose） 据帕金森所述："麝香蔷薇通常长得较高，会伸展着绿色枝丫四处攀缘，它们往往比花园里所有的藤架爬得都高。麝香蔷薇的花朵开在植株顶端，许多花朵同时盛开且紧凑在一起，形成伞状或者一簇簇的花束。它的每朵花都立在一株长长的绿茎上，由五枚花瓣组成，呈淡淡的

① 朱生豪译。本书译者把其中的"紫罗兰"改为"香堇菜"（原文 violets）。

白色，或奶白色，散发如麝香一般芬芳的香气。”

在《仲夏夜之梦》第四幕第一场，仙后在装扮波顿时说：

> 来，坐下在这花床上。我要爱抚你的可爱的脸颊；我要把麝香蔷薇插在你柔软光滑的头颅上；我要吻你的美丽的大耳朵，我的温柔的宝贝！[①]

**香叶蔷薇**（学名*Rosa rubiginosa*，英文名eglantine，sweet briar），是一种深受人们喜爱的灌木，人们因其叶子散发芬芳而乐于种植它。香叶蔷薇在六七月份开花。帕金森在他的《花园》里写道：“香叶蔷薇，是一种家喻户晓的植物；因为它的枝叶芳香扑鼻，很多人在花园里种植它，许多树林灌丛也能见到茁壮生长的野生种类。香叶蔷薇抽出细长的绿色枝条，上面布满了坚硬无比的尖刺，其他种类的蔷薇，无论是栽培的还是野生的，都不如香叶蔷薇的尖刺坚硬。香叶蔷薇的叶子细小，嫩绿，香气馥郁，赛过其他任何种类的蔷薇。”

赫里克[②]曾作过如下关于香叶蔷薇的短诗：

> 请从我滴血的手指，接过这枝香叶蔷薇，她虽然芳香扑鼻，却长着扎人的刺儿，她告诉人们，摘得芬芳之人，

---

① 朱生豪译。本书译者把其中的“麝香玫瑰”改为“麝香蔷薇”（原文 musk roses）。

② 罗伯特·赫里克（Robert Herrick，1591—1674），17世纪英国骑士派诗人之一、教士，著有诗集《西方乐土》（*Hesperides*）等作品。

必得为爱经历许多刺伤。

在《仲夏夜之梦》第三幕第一场，弗鲁特对皮拉摩斯说道：

> 最俊美的皮拉摩斯，脸孔红如红蔷薇，
> 肌肤白得赛过纯白的百合花。①

犬蔷薇

**犬蔷薇**（学名*Rosa canina*，英文名dog rose），英文俗名又叫canker rose②。上述诗句中的红蔷薇说的就是犬蔷薇，它在六七月份开花，盛开时鲜艳的花朵垂挂在一排排树篱的上方，非常惹眼。

据帕金森所述，这种被称作英国红蔷薇（English red rose）的植物长不高，但生长期却很长。

莎士比亚在第54首十四行诗中提到了犬蔷薇，并提到了犬

① 朱生豪译。本书译者把其中的“红玫瑰”改为“红蔷薇”（原文red rose）。

② canker rose的字面意思是“枯枝蔷薇”。

蔷薇枯枝上的树瘤：

哦，美看起来要更美得多少倍，
若再有真加给它温馨的装潢！
犬蔷薇很美，但我们觉得它更美，
因为它吐出一缕甜蜜的芳香。
树瘤上盛开的花朵愈加红艳，
比起犬蔷薇的芳馥四溢的姣颜，
同挂在树上，同样会搔首弄姿，
当夏天呼吸使它的嫩蕊轻展：
但它们唯一的美德只在色相，
开时无人眷恋，萎谢也无人理；
寂寞地死去。香的犬蔷薇却两样；
她那温馨的死可以酿成香液：
　　你也如此，美丽而可爱的青春，
　　当韶华凋谢，诗提取你的纯精。①

在《无事生非》第一幕第三场，约翰对康拉德说：

---

① 梁宗岱译。本书译者把其中的“野蔷薇的姿色也是同样旖旎”改为“树瘤上盛开的花朵愈加红艳”，“树瘤上盛开的花朵”原文为canker-blooms；把其中的“玫瑰花”、“玫瑰”改为“犬蔷薇”（原文rose）。

我宁愿做一根篱上的枯枝，不愿做一朵受他恩惠的蔷薇；与其逢迎献媚，偷取别人的欢心，宁愿被众人所鄙弃。[①]

有些人把这种树瘤叫作“蔷薇寄生物”，因为它是苍蝇在树枝里下卵后产生的结果。长有树瘤或溃烂的地方经常颜色变深，呈深红色。

我们从威廉·科比（Kirby）和斯彭斯（Spence）合编的《昆虫学》（*Entomology*）中了解到，有些犬蔷薇在树瘤处会抽出样子奇特的新枝，曾有植物学家因此把它归为独特的新种。杰勒德在《草本志》里谈到犬蔷薇，他说：“在英国大多数地方，犬蔷薇都生长在田埂林边，但你若是从伦敦附近一个叫骑士桥的村子走到富勒姆村庄一带，以及许多其他地方，你也会见到长在牧场上的犬蔷薇。”

在《仲夏夜之梦》第三幕第一场，仙后对仙子们说：

恭恭敬敬地侍候这先生，
蹿蹿跳跳地追随他前行；
给他吃杏子、欧洲木莓和桑葚，
紫葡萄和无花果儿青青。
去把野蜂的蜜囊儿偷取，

① 朱生豪译。本书译者把其中的“一朵篱下的野花”改为“一根篱上的枯枝”（原文 a canker in a hedge）。根据本书的解释，canker 一词应为树瘤或因树瘤而干枯的树枝。

剪下蜂股的蜂蜡做烛炬，
在流萤的火睛里点了火，
照着我的爱人晨兴夜卧；
再摘下彩蝶儿粉翼娇红，
搧去他眼上的月光溶溶。
来，向他鞠一个深深的躬。[①]

**杏**（学名*Prunus armeniaca*，英文名apricot）[②]，杰勒德告诉我们，很多英国绅士都在花园里种植杏树。根据特纳编写的《草本志》，英国人在1562年已经种植杏树。此外，帕金森也在书中描述了杏树的特征。杏树通常长得较高，枝干比较粗大，树上结满果子时，看园人常要把垂下的杏子扎起来，并给下弯的树枝搭上支架。在《理查二世》第三幕第四场，园丁说起他在约克公爵位于兰利的公

杏

① 朱生豪译。本书译者把其中的“鹅莓”改为“欧洲木莓”（原文 dewberries）。
② 原文的拉丁名 *Prunus armeria* 为异名。

园里劳作的情景：

去，你把那边垂下的杏子扎起来，它们像顽劣的子女一般，使它们的老父因为不胜重负而弯腰屈背；那些弯曲的树枝你要把它们支撑住了。你去做一个刽子手，斩下那些长得太快的小枝的头，它们在咱们的共和国里太显得高傲了，咱们国里一切都应该平等的。你们去做各人的事，我要去割下那些有害的莠草，它们本身没有一点儿用处，却会吸收土壤中的肥料，阻碍鲜花的生长。[①]

欧洲木莓

**欧洲木莓**（学名*Rubus caesius*，英文名dewberry），常生于田埂、沟堤和灌丛边，果实由几个半嵌在叶苞里的核果组成，核果表面覆盖着一层灰色的粉霜，味道香甜可口。欧洲木莓多贴近地面匍匐生长，果实在9月份成熟。

① 朱生豪译。

有些评论家认为莎士比亚笔下的欧洲木莓实际上是指覆盆子（raspberry），我认为这是错误的，因为覆盆子是垂直向上生长的木本植物，拉丁名*Rubus idaeus*，常见于英国中南部的荒野、山间和林地。

覆盆子

关于桑葚，详见本书第二十一章《科利奥兰纳斯》。

在《仲夏夜之梦》第三幕第二场，拉山德对狄米特律斯说：

> 滚开，你这矮子！你这萹蓄做成的三寸丁！你这小珠子！你这小青豆！[①]

**萹蓄**（学名*Polygonum aviculare*，英文名knot-grass）[②]，一种很常见的植物，生长在未经耕作的农田、荒地和路边，开浅粉色的小花

---

① 朱生豪译。本书译者把其中的句子“你这发育不全的三寸丁！”改为“你这萹蓄做成的三寸丁！”（原文 You minimus of hind' ring knot-grass made）。

② 原文的拉丁名拼写有误，译文中已更正。

萹蓄

儿。一株萹蓄会占据不小的空间，有它出现的地方常意味着田地管理不善。

萹蓄在田间成丛状生长蔓延，其根系深入地下，非常坚韧。剧中的描写正是暗指它阻碍谷物生长的本性。伊夫林认为它是田园里危害最大的莠草，布里恩把它叫作“害田草”。

斯蒂文斯为上述段落作注说：“古时候人们认为萹蓄会阻碍动物和小孩生长。”他引用了博蒙特[①]与弗莱彻[②]的话来证实这一见解[③]，又引用汤姆林森（Tomlinson）在其翻译的《雷诺德斯药方集》（*Renodaeus*, *his Dispensatory*,

① 弗朗西斯·博蒙特（Francis Beaumont，1584—1616），与莎士比亚同时代的英国剧作家，除与弗莱彻联合创作外，还单独撰写了一批剧本，包括《厌恶妇女者》（*The Women Hater*）和《燃杵骑士》（*The Knight of the Burning Pestle*）等。他与弗莱彻两人是17世纪上半叶伦敦戏剧界联手最成功、时间最久的合作编剧者。

② 约翰·弗莱彻（John Fletcher，1579—1625），与莎士比亚同时代的英国剧作家，成名作为《忠诚的牧羊女》（*The Faithful Shepherdess*），另外还创作了十几个剧本。然而，弗莱彻艺术生涯的顶峰是在他和博蒙特联手创作的那几年。

③ 斯蒂文斯引用的是博蒙特和弗莱彻的剧作《燃杵骑士》第二幕的内容：“来吧，乔治，我们要高兴点，聪明点；这个孩子是个孤儿，要是他们给他穿上又窄又紧的裤子，那比萹蓄还要糟糕，他从此就不会再长个儿了。”尽管特纳医生发现萹蓄有它的好处，但他还说，一个人要是服下萹蓄的汁，会有身体绷紧发冷的感觉。特纳医生并未提到它会妨碍长个儿。——原注

1657）中的陈述："萹蓄属于匍匐生长的草本植物，长有大量节状和弯曲状的茎。"

在《仲夏夜之梦》第四幕第二场，波顿对昆斯说：

关于咱自己的事可一个字也不能告诉你们。咱要报告给你们知道的是，公爵大人已经用过正餐了。把你们的行头收拾起来，胡须上要用坚牢的穿绳，舞靴上要结簇新的缎带；立刻在宫门前集合；各人温熟了自己的台词；总而言之一句话，咱们的戏已经送上去了。无论如何，可得叫提斯柏穿一件干净一点的衬衫；还有扮演狮子的那位别把指甲铰掉，因为那是要露出在外面当作狮子的脚爪的。顶要紧的，列位老板们，别吃洋葱和大蒜，因为咱们可不能把人家熏倒胃口；咱一定会听见他们说，"这是一出香甜的喜剧。"完了，去吧！去吧！①

在《冬天的故事》第四幕第三场，陶姑儿对小丑说：

叫毛大姐做你的情人吧；好，别忘记嘴里含个大蒜儿，接起吻来味道好一些。②

---

①② 朱生豪译。

在《一报还一报》第三幕第二场，莎士比亚写到，乞丐们满嘴的黑面包和大蒜味儿。他在《科利奥兰纳斯》第四幕第六场中也提到了吃大蒜的人，米尼涅斯对考密涅斯说：

> 你们干的好事，你们和你们那些穿围裙的家伙！你们那样看重那些手工匠的话，那些吃大蒜的人们吐出来的气息！[①]

莎士比亚在《亨利四世上篇》的第三幕第一场也提到了大蒜。霍茨波对摩提默说：

> 我自己也做不了主。有时候他使我大大生气，跟我讲什么鼹鼠蚂蚁，那术士梅林和他的预言，还有什么龙，什么没有鳍的鱼，什么剪去翅膀的鹰喙怪兽，什么脱毛的乌鸦，什么蜷伏的狮子，什么咆哮的猫，以及诸如此类荒唐怪诞的胡说八道。我告诉你吧，昨晚他拉住我至少谈了九个钟头，向我列举一个个为他供奔走的魔鬼的名字。我只是嘴里"哼""呀""哈"地答应他，可是一个字也没有听进去。啊！他正像一匹疲乏的马、一个长舌的妻子一般令人厌倦，比一间烟熏的屋子还要闷人。我宁愿住在风磨里吃些干酪大蒜过活，也不愿在无论哪一所贵人的别墅里饱

---

① 朱生豪译。

啖着美味的佳肴，听他刺刺不休的谈话。[①]

**大蒜**（学名*Allium sativum*，英文名garlic，common garlick）在莎士比亚时代，英国老百姓常吃大蒜一类的食物。在古代，许多国家都把大蒜和洋葱看作高贵的食物。以色列人在离开埃及时随身带着大葱、大蒜和洋葱。明斯[②]在提到大蒜时说，对于远航的水手来说，大蒜具有非常特殊的功效，也是预防传染病的良药。明斯从马略卡岛屿出发，在穿越海峡时发现了“同胞们的法宝——大蒜，这滋补的大蒜确实让他那因寒冷和饮水不洁而饱受折磨的肠胃温暖舒服了起来，无财无势的人靠大蒜活着，它是穷人们的药品和粮食”。

那些跟托马斯·埃利奥特[③]和托马斯·柯根一样编写健康书籍的英国早期作家们也高度称赞大蒜的好处。盖伦[④]把大蒜叫作“同胞们的法宝”。威廉·特纳医生在《草本志》里写道：“大蒜是美食，也是良药。”罗伯特·特纳（Robert Turner）在他1664年出版的《英国医生》（*British Physician*）里写道：“要是有人吃了大蒜，你只要闻一下就知

① 朱生豪译。

② 约翰·明斯（John Minsheu或Minshew，1560—1627），英国语言学家、词典编纂者。

③ 前文提到的威廉·布里恩在《对话》中谈到托马斯·埃利奥特，他说：“英国爵士们的宅第，没有哪一位能赛过托马斯·埃利奥特爵士，他在庄园里种植了各种各样的果树，英联邦的土地上到处都是从他那里移植或嫁接过来的树木，他的健康城堡永不会消毁。”（对开本，第四页）——原注。托马斯·埃利奥特（Thomas Elyot，约1490—1546），英国外交家、学者，著有医学专著《健康堡垒》（*The Castle of Health*）及其他。——译者注

④ 盖伦（Galen，公元129—约200或216），古罗马时期著名希腊内科医生、解剖学家、哲学家，其著作对后世包括解剖学、病理学、哲学、逻辑学等许多学科产生了重大影响。

道了。”除此之外，他还记录了许多大蒜的好处。德克在1609年出版的《笨人初级读本》(*Gull's Hornbook*)的第八章描写了伦敦城的守夜人，他说：“你用鼻子一闻，就知道谁是守夜人，这很简单，因为守夜人为了御寒常在睡前嚼几瓣大蒜。”布里恩在《药草书》里也提到了大蒜，他总结说：“大蒜是一种难登大雅之堂的药物，它会令尊贵的夫人们和皮肤如百合、蔷薇般娇好的姑娘们心生不悦。在她们看来，口气清新比柔情细语还要重要。然而，即便是这样，她们也都能接受大蒜。”伊夫林在《沙拉食谱》中写道，人们一向认为大蒜有消炎排毒的功效，但是，因为大蒜那让人无法忍受的臭味，我们不能接受把大蒜放进沙拉里。古时候，人们是如此讨厌大蒜，以至于(根据我们掌握的资料)惩罚恶劣罪行的方法之一便是吃大蒜。毫无疑问，大蒜不适合女士们的味蕾，更不适合她们的追求者们，哪怕只是稍微碰一下蒜瓣，那也是万万不可的。(见富勒《英格兰名人传》中康沃尔郡的“大蒜”)

# 第九章 《驯悍记》[1]

这部剧作提到的植物有欧洲栗和欧榛。

在《驯悍记》序幕第二场，仆人乙对斯赖说：

> 您爱观画吗？我们可以马上给您拿一幅阿都尼的画像来，他站在流水之旁，西塞利娅隐身在莎草里，那莎草似乎因为受了她气息的吹动，在那里摇曳生姿一样。[2]

莎士比亚在《维洛那二绅士》第二幕第七场中有对河流的优美

① 这部剧作首次出版于1623年，第一对开本。——原注

② 朱生豪译。本书译者把其中的“芦苇”改为“莎草”（原文sedges）。原文sedges可表示莎草科（*Cyperaceae*）所有植物，或指薹草属（*Carex*），可译为莎草/薹草，但不能译为禾本科的芦苇或蒲苇。

描写。这条河流很可能是斯特拉特福镇附近的埃文河。朱利娅对露西塔说：

你知道汩汩的轻流如果遭遇障碍就会激成怒湍；可是它的路程倘使顺流无阻，它就会在光润的石子上弹奏柔和的音乐，轻轻地吻着每一根在它巡礼途中的莎草，以这种游戏的心情经过许多曲折的路程，最后到达辽阔的海洋。所以让我去，不要阻止我吧；我会像一道耐心的轻流一样，忘怀长途跋涉的辛苦，一步步挨到爱人的门前，然后我就可以得到休息。就像一个有福的灵魂，在经历无数的磨折以后，永息在幸福的天国里一样。[①]

在《暴风雨》第四幕第一场，伊里斯对朱诺和刻瑞斯说道：

戴着莎草之冠，眼光永远是那么柔和的、住在蜿蜒的河流中的仙女们啊！离开你们那涡卷的河床，到这青青的草地上来答应朱诺的召唤吧！前来，冷洁的水仙们，伴着我们一同庆祝一段良缘的缔结，不要太迟了。[②]

---

① 朱生豪译。本书译者把其中的“芦苇”改为“莎草”（原文 sedges）。

② 朱生豪译。本书译者把其中的“蒲苇之冠”改为“莎草之冠”（原文 sedged crowns）。

莎士比亚在剧中描写的莎草是莎草科薹草属植物，大量生长在沼泽湿地、沟堤河岸上。微风吹过，水波流转，莎草拂动，莎士比亚把这一切描写得惟妙惟肖。

在《驯悍记》第一幕第二场，彼特鲁乔向葛鲁米奥提到了欧洲栗：

> 你们以为一点点的吵闹，就可以使我掩耳退却吗？难道我不曾听见过狮子的怒吼？难道我不曾听见过海上的狂风暴浪，像一头疯狂的巨熊一样咆哮？难道我不曾听见过战场上的炮轰，天空中的霹雳？难道我不曾在白刃相交的激战中，听见过震天的杀声，万马的嘶奔，金鼓的雷鸣？你们现在却向我诉说女人的口舌如何可怕；就是把一枚栗子丢在火里，那爆声也要比它响得多哩。①

在《麦克白》第一幕第三场，女巫甲说：

> 一个水手的妻子坐在那儿吃栗子，啃呀啃呀啃呀地啃着。②

**欧洲栗/西班牙栗**（学名 *Castanea sativa*，英文名 chestnut）③

早在很多世纪以前，英国就已经开始种植欧洲栗。栗子可以食用，

---

①② 朱生豪译。

③ 原文的拉丁名 *Castanea vulgaris* 为异名。

欧洲栗

取自栗树的木材可用来建造房屋。据伊夫林记载，伦敦市区很多老房子都是用栗树建造的。他还说在格洛斯特郡的塔姆沃斯有一棵著名的栗树，根据历史记载，它从斯蒂芬国王在位期间（1135—1154）起就一直是庄园边界的标志。“说到栗子，最好在它们将要掉落的几天前把它们打下来，这样有利于存放，否则就要把它们熏干储存。”

托马斯·埃利奥特在《健康堡垒》第二卷中写到栗子，他说：“把栗子放在余烬或热灰里煨烤后食用，确实对身体大有滋补；要是跟蜂蜜一起吃，不掺任何其他东西，还可以治疗咳嗽。”

在杰勒德的《草本志》里，我们读到：“当栗子烤得不冷不热时，内部的空气会发生膨胀，要是不在栗子外壳上切开个口，它们就会在正烤着时突然爆裂，从火里迸出来。”

剧中葛鲁米奥的话表明，莎士比亚时代的农夫们好像并不知道栗子在火烤前要在外壳上切一刀。

莎士比亚在《驯悍记》第二幕第一场中提到了榛树。彼特鲁乔问凯瑟丽娜：

> 为什么人家要说凯德走起路来有些跷呢？这些爱造谣言的家伙！凯德是像榛树的枝儿一样娉婷纤直的。啊，让我瞧瞧你走路的姿势吧，你那轻盈的步伐是多么醉人！①

**欧榛**（学名*Corylus avellana*，英文名hasel），是人们熟知的矮小乔木，常生于树林灌丛间。榛树在早春开花，8月结果。年轻的榛树树干挺拔、纤细、柔韧。榛子成熟后，外壳呈黄褐色，种仁味道香甜。彼特鲁乔把凯瑟丽娜比作榛子是富含深意的。谁没欣赏过挺拔婀娜的榛树，在秋天来临时，黄褐色的果实紧裹着树干的美景？谁没品尝过香甜的榛子仁？榛色（nut-brown）这个词还经常被用来表述这种特殊的颜色，比如：榛色的女郎，像榛果一样的棕色。

欧榛

① 朱生豪译。

榛子仁的香甜也被演绎成谚语，比如“像榛子仁一样香甜”。

斯温伯恩[1]认为，榛子的拉丁名称*Avellana*，起源于尼泊尔王国一个周围长有榛树的城市，名字叫作阿韦利诺（Avellino），那里附近的山谷中长满了榛树。伊夫林在《森林志》中写道：“我在一些托管的古代史料和文件中发现，榛子又名艾弗兰（Avelan）、艾弗林（Avelin），我的祖先的名字也拼作艾弗兰（Avelan），别称伊夫林（Evelyn）。”

① 亨利·斯温伯恩（Henry Swinburne，1743—1803），英国旅行作家。

# 第十章 《终成眷属》①

莎士比亚在《终成眷属》第四幕第五场提到了牛至这一植物：

拉佛：她真是一位好姑娘，所谓灵芝仙草，可遇而不可求。

小丑：可不是吗，大人，她就是沙拉里美味的牛至或芸香呢。

拉佛：混蛋，谁跟你说沙拉草来着？我们说的是仙草。

小丑：我不是《圣经》上说的尼布甲尼撒大王。他发起疯来，整天吃草，大人，我对草可并不在行。②

---

① 这部剧作首次出版于1623年，第一对开本。——原注

② 朱生豪译。本书译者把其中的句子“把她拌在菜里吃，一定也很香”改为“她就是沙拉里美味的牛至或芸香呢”（原文 she was the sweet marjoram of the sallet, or rather the herb of grace），把其中的“香草”改为“沙拉草”（原文 sallet herbs）。

牛至（学名*Origanum vulgare*，英文名sweet majoram，common marjoram），是英国特有的本土物种。牛至在七八月份开花，花和叶皆香气浓郁，常被作为盆栽植物。

莎士比亚笔下的小丑把海丽娜比作芳香无比的牛至，这个比喻恰如其分。他又把海丽娜比作馥郁的芸香，充分表现了她的鲜明特质。详见本书第十二章《冬天的故事》，里面有关于芸香的描写。

诗人克莱尔（Clare）也留意到牛至的香气：

我们脚下的百里香芬芳扑鼻，
牛至更是馥郁袭人。

牛至

# 第十一章 《第十二夜》①

在《第十二夜》第二幕第四场，小丑唱道：

过来吧，过来吧，死神！
　让我横陈在凄凉的柏棺的中央；
飞去吧，飞去吧，浮生！
　我被害于一个狠心的美貌姑娘。
为我罩上白色的殓衾铺满紫衫；
没有一个真心的人为我而悲哀。

莫让一朵花儿甜柔，
　撒上了我那黑色的、黑色的棺材；

① 这部剧作首次出版于1623年，第一对开本。——原注

没有一个朋友迓候

我尸身，不久我的骨骼将会散开。

免得多情的人们千万次的感伤，

请把我埋葬在无从凭吊的荒场。[①]

**地中海柏木**（学名*Cupressus sempervirens*，英文名cypress），常绿柏木。据特纳医生记载，赛恩庄园的花园在1551年种有柏木。杰勒德说，此外，格林尼治和汉普斯特德公园也有柏木。柏木的寿命很长。据修昔底德[②]记载，古雅典人会在他们的英雄死后把他们放入柏木棺材里埋葬。普林尼说，“柏木被奉为冥王普路托[③]的神木，因此，人们过去常在停尸的宅子上放上柏木枝干来标记”（参阅霍兰的译文）。

地中海柏木

① 朱生豪译。

② 修昔底德（Thucidides，约公元前460—约前400），古希腊历史学家、将军，著有《伯罗奔尼撒战争史》。

③ 普路托（Pluto），罗马神话中的冥界之王，希腊神话中也称哈得斯（Hades）。

威廉·科尔斯[①]在《植物知识入门》(*Introduction to the Knowledge of Plants*)中叙述道："贵族绅士之流讲究用柏木花环装扮葬礼，而平民无论在葬礼还是婚礼上都使用迷迭香和月桂。柏树枝摘下后很久都不会枯萎，它因而（我认为）谕示：虽然当下的庄重仪式不会在日后时时系于心头，但它仍会在多年内存于心间。"

莎士比亚在《亨利六世中篇》第三幕第二场里也提到了柏木。

当玛格莱特王后问道：你连咒骂敌人的勇气都没有了吗？萨福克回答如下：

> 这两个遭瘟的！我为什么要咒骂他们？如果咒骂能像曼德拉草发出的呻吟一样把人吓死，那我就一定想出一些恶毒、刺耳、叫人听了毛骨悚然的词句，从我咬紧了的牙齿缝里迸出去，并且要像瘦削的妒神在她那阴森森的洞窟里所做的那样，表现出一切仇恨的表情：我的舌头在说出剧烈的言词时在口中上下翻腾；我的眼睛像受到撞击的火石一样冒出火花；我的头发像狂人一样根根直竖；我的周身关节都像在发出诅咒的声音。就在这一时刻，我如果不把他们咒骂一顿，我这受到重压的心马上要碎裂了。叫他们的饮料都变成毒药！叫他们吃的美味都变成比胆汁更苦的苦水！叫他们最舒适的住处都变成墓道旁的柏林！叫

① 威廉·科尔斯（William Coles，1626—1662），英国植物学家。

他们看到的全是吃人的毒蛇！叫他们摸到的全是螫人的蝎子的毒刺！叫毒蛇的嘶声和枭鸟的叫唤组成他们可怕的音乐！叫阴森森的地狱里的一切恐怖——[①]

杰勒德说："古时候的人们以为柏木会致命，认为它的树荫也会招致不幸。"

霍尔主教（Bishop Hall）把这乌黑阴郁的柏木看作悲伤的象征，其诗句如下：

你用那哀痛的柏木和苍白如死的杨树锁住我的双眉吧，如果你能找到更悲伤的树荫，就用它们来遮住我那憎恨光亮的双眼。

英国一些早期作家用死亡、悲痛、愤恨、哀伤、黯淡、伤心、丧葬等词语来修饰柏木。

斯宾塞在《牧人月历》（*Shepherd's Calendar*）的《十一月牧歌》里写有如下诗句：

河泽的仙女曾与她一同歌唱、舞蹈，
常捎来橄榄枝为她编制花环，

① 章益译。本书译者把其中的"曼陀罗草"改为"曼德拉草"（原文 mandrake），把"扁柏林"改为"柏林"（原文 a grove of cypress trees）。

如今却携来不吉的柏树枝条。[1]

英国诗人弗朗西斯·夸尔斯（Francis Quarles）在1628年出版的《阿耳伽罗斯与帕提尼亚》（*Argalus and Parthenia*）第三部中作有如下诗句：

悲伤的柏木掉落下树枝。

**欧洲红豆杉/欧紫杉/英国紫杉**（学名*Taxus baccata*，英文名yew，common yew），是英国特有的本土物种，是一种因寿命长而知名的常绿乔木。欧紫杉常与墓地联系在一起，在英国大多数教堂的墓地都能见到。人们自古以来就用欧紫杉装饰死者的棺木和寿衣。学识渊博的博物学家约翰·雷[2]曾说过："我们的祖先们之所以在教堂墓地种植欧紫杉，是因为它是常绿乔木，象征着永恒，他们希望被安葬在那里的人可以获得永生。出于同样原因，人们在参加葬礼时携带欧紫杉树枝，到达墓地后把它们放进坟墓。"伊夫林在《森林志》中提到了这一事实。

博蒙特与弗莱彻在出版于1619年的《少女的悲剧》（*Maid's Tragedy*）剧作中写有下列歌词：

---

① 该段诗文为胡家峦译，选自《斯宾塞诗选》，漓江出版社 1997 年版，第 44 页。

② 约翰·雷（John Ray，1627—1705），英国博物学家，著有植物学、动物学、自然神学等方面的重要著作。

放一顶忧郁的欧紫杉
花环在我的柩车上。

托马斯·雪利（Thomas Shirley）在1651年出版的诗歌集的第54页写有下列诗句：

长满我阴森坟头的，
是你仅有的，凄冷的柏树
和悲伤的欧紫杉，因为如
此不幸的土地，生不出欢
欣的花朵。

欧洲红豆杉

在1655年出版的《感人至深的赞美诗歌》（*Marrow of Compliments*）中，一位姑娘为凭吊过世的恋人吟唱了一首歌曲，歌词中提到了柏树和欧紫杉这两种丧葬植物。

莎士比亚在《理查二世》第三幕第二场中提到了用具有双倍夺命威力的欧紫杉木制作的弓，因为不仅欧紫杉的树叶有毒，欧紫杉木还被用作战争武器。在《麦克白》第四幕第一场，莎士比亚提到在女巫的釜里欧紫杉枝与其他毒物混合在一起熬煮。在《泰特斯·安德洛尼克斯》第二幕第三场，女王塔摩拉说道：

他们要把我缚在一株阴森的欧紫杉树上，让我在这种恐怖之中死去。[①]

哥伦梅拉[②]警告人们欧紫杉是一种分泌毒素的植物。

巴托洛梅乌斯（Bartholomaeus）在第17卷第161章中写道："欧紫杉是一种有毒的树，如果在它的树荫下睡觉，会招致悲伤和死亡。"

杰勒德也发出同样的警告，并援引盖伦、狄奥斯科里迪斯和尼坎德[③]的著作加以证实。

在《第十二夜》这部剧作里，小丑唱了一首在公爵看来过时又悲伤的歌。歌中唱到的葬礼孤独又凄冷，没有朋友，也没有鲜花。我们看到莎士比亚选取了最恰当的象征——黑色的棺木、阴郁的柏木和致命的欧紫杉，这一切都与装饰朱丽叶和斐苔尔坟墓的美花形成了鲜明对比。同样截然不同的还有亨利八世的夫人凯瑟琳王后所向往的：

好姑娘，我死后，要让人们合乎礼节地对待我，在我身上洒一层处女的花朵，让全世界知道我到死是个贞洁的妻子。[④]

---

① 朱生豪译。本书译者把其中的"杉树"改为"欧紫杉树"（原文 yew）。

② 哥伦梅拉（Lucius Junius Moderatus Columella，公元 4—约 70），古罗马时期最重要的农业作家。

③ 尼坎德（Nicander，活动于约公元前 2 世纪前后），古希腊诗人、医生、文法家。

④ 该选段出自《亨利八世》第四幕第二场。杨周翰译。

# 第十二章 《冬天的故事》[①]

这部剧作提到的植物有黄水仙、藏红花、迷迭香、芸香、薰衣草、薄荷、欧风轮、牛至、南茼蒿、欧报春、康乃馨和其他石竹等。

在《冬天的故事》第四幕第二场，奥托里古斯唱道：

当水仙花初放它的娇黄，
　嗨！山谷那面有一位多娇；
那是一年里最好的时光，
　严冬的热血在涨着狂潮。[②]

**黄水仙/洋水仙**（学名*Narcissus pseudonarcissus*，英文名

① 这部剧作首次出版于1623年，第一对开本。——原注
② 朱生豪译。

daffodil, lent lily），长在林间果园和草地上。黄水仙早春开花，花大，呈艳丽的黄色。在《冬天的故事》第四幕第三场，潘狄塔在下列句子里提到了黄水仙：

在燕子尚未归来之前，就已经大胆开放，丰姿招展地迎着三月之和风的水仙花。[1]

罗伯特·赫里克曾为水仙花作有如下优美的诗句：

美的黄水仙，凋谢的太快，
我们感觉着悲哀；
连早晨出来的太阳
都还没有上升到天盖。
停下来，停下来，
等匆忙的日脚
跑进
黄昏的暮霭；
在那时共同祈祷着，
在回家的路上徘徊。
我们也只有短暂的停留，

黄水仙

① 朱生豪译。

青春的易逝堪忧；
我们方生也就方死，
和你们一样，
一切都要罢休。[①]

在《冬天的故事》第四幕第二场，小丑对奥托里古斯说：

我要不要买些藏红花粉来把华登梨饼着上颜色？[②]

**藏红花**（学名*Crocus sativus*，英文名saffron，common saffron crocus）[③]，8月开花，花柱头呈橙红色，取出干燥后成为干花，在店铺出售。花柱头可用于肉制品，也可药用。英国人以前常用藏红花给食物调味、上色，在查理二世统治期间出版的《烹饪方法》（*Forme of Cury*）以及《诺森伯兰郡家庭手册》（*Northumberland Household Book*）中都有相关记载。

在英国收藏家斯隆[④]收藏的手稿（1986年出版，对开本，第87

---

① 郭沫若译。

② 朱生豪译。本书译者把其中的“番红花粉”改为“藏红花粉”（原文saffron），把“梨饼”改为“华登梨饼”（原文warden pies）。

③ 一般翻译为番红花，但描绘它的着色、调味、药用等功能时，常称为藏红花。

④ 汉斯·斯隆（Hans Sloane，1660—1753），出生于爱尔兰，英国医生、植物学家、大收藏家。根据他的遗嘱，去世后所有藏品捐赠给国家，其中包括大批植物标本及书籍、手稿。

页）[1]中，有一首题为"烹饪艺术"的诗，里面介绍了制作"奶酪蛋糕"的方法，也提到了藏红花的上色作用：

取一块新鲜奶酪，将它细细地研磨，
无疑要把它和鸡蛋一同放进钵里，
我建议放一些粉状的白糖，
再用藏红花好好上色，
把它们倒进合适的模子后，
再请你进行烘焙。

在同一部手稿中（对开本，第85页），还提到藏红花给面包布丁上色的作用。

霍林斯赫德在《英格兰、苏格兰、爱尔兰编年史》第234页中写道："我们的藏红花（除了在家庭烹饪、糕点制作以及婚宴和感恩节蛋糕制作方面可以发挥多种作用外），还

藏红花

① 这是一部诗体菜谱，作者以15世纪英格兰北部方言写成，为达到押韵效果，作者省略了一部分必要的步骤和调料的内容，增加了一些莫名其妙的词句，因此很难作为菜谱使用。原诗晦涩难懂，本书译者根据辛迪·伦弗罗（Cindy Renfrow）译成的现代英语版本进行了翻译。

可以跟其他药物混合在一起，有效地治疗胸肺等方面的疾病；另外，它还对肠胃有益，把它加到肉类食品里面，可以帮助消化，强胃健脾。”他又写道：“如果在盛夏前采摘藏红花，花头会皱缩得像烤梨。”

德国人约翰·贝克曼在《发明、发现和起源的历史》里介绍了藏红花。根据他的记载，藏红花用作调味品的习惯是经由阿比修斯[①]撰写的最古老的烹饪典籍遗传到我们这一代的。亨利·斯蒂文斯说过：“封斋节的汤、酱和菜肴里，必须要放藏红花，若是少了藏红花，就煮不出美味的豌豆。”他还说：“我们可以肯定，最早的藏红花根是在爱德华三世统治期间由地中海东部的一位朝圣者带到英国的；他把藏红花的根藏在中部掏空的拐杖里，千方百计才得以成功。”（见《哈克路特》第二卷第164页）

**华登**（英文名warden），是一种梨的名称。在《明斯语言导论》（*Minshew's Guide into Tongues*）中，约翰·明斯谈到华登冬梨是“很好的一种梨，可以储存很长时间”。根据布里恩的记述，“红色的华登冬梨大有裨益，烤着吃，可以消除双下巴”。

帕金森也曾介绍过冬梨，他说：“华登冬梨（warden，或Luke Ward's pear）有两类，一白一红，一大一小。西班牙华登冬梨比上述两类都更大更好。红色的冬梨和西班牙冬梨被公认为梨中上品，无论生病与否，都可以拿这两种梨烤着吃，对身体很有好处。”

① 阿比修斯（Apicius），生活在约公元1世纪左右的古罗马美食家。后来，阿比修斯一词也用来指写于公元4世纪末5世纪初的古罗马菜谱集。

培根在他的《木林集》（*Sylva*）第222页中也提到华登冬梨。伊夫林也说："刘易斯[①]的华登冬梨堪称一绝。"在德雷顿的一首名为《罗宾汉》（*Robinhood*）的民谣里有如下歌词：

因为那里有温热的鹿肉和冰凉的华登梨饼。

亨利·皮查姆（Henry Peacham）在诗里写道：

冬季的华登，是果园的骄傲。

在《冬天的故事》第四幕第三场：

潘狄塔（向波力克希尼斯）：先生，欢迎！是家父的意思要我担任今天女主人的职务。（向卡密罗）欢迎，先生！把那些花给我，陶姑儿。可尊敬的先生们，这两束迷迭香和芸香是给你们的；它们的颜色和香气在冬天不会消散。愿上天赐福给你们两位，永不会被人忘记！我们欢迎你们来。

波力克希尼斯：美丽的牧女，你把冬天的花来配合我们的年龄，倒是很适当的。

潘狄塔：先生，绚烂的季节已经过去，在这夏日的余晖

① 刘易斯（Lewes）是英国东南部的一座城市。

尚未消逝、令人战栗的冬天还没有到来之际，当令的最美的花卉，只有康乃馨和有人称为自然界的私生儿的有条纹的康乃馨；我们这村野的园中不曾种植它们，我也不想去采一两枝来。

波力克希尼斯：好姑娘，为什么你瞧不起它们呢？

潘狄塔：因为我听人家说，在它们的斑斓的鲜艳中，人工曾经巧夺了天工。

波力克希尼斯：即使是这样的话，那种改进天工的工具，正也是天工所造成的；因此，你所说的加于天工之上的人工，也就是天工的产物。你瞧，好姑娘，我们常把一枝善种的嫩枝接在野树上，使低劣的植物和优良的交配而感孕。这是一种改良天然的艺术，或者可说是改变天然，但那种艺术的本身正是出于天然。

潘狄塔：您说得对。

波力克希尼斯：那么在你的园里多种些石竹花，不要叫它们做私生子吧。

潘狄塔：我不愿用我的小锹在地上种下一枝；正如要是我满脸涂脂抹粉，我不愿这位少年称赞它很好，只因为那副假象才想娶我为妻。这是给你们的花儿，浓烈的薰衣草、薄荷、欧风轮、牛至；陪着太阳就寝、流着泪跟他一起起身的南茼蒿：这些是仲夏的花卉，我想它们应当给与中年人。给您吧，欢迎您来。

卡密罗：假如我也是你的一头羊，我可以无须吃草，用凝视来使我活命。

潘狄塔：唉，别说了吧！您会消瘦到一阵正月的风可以把您吹来吹去的。（向弗罗利泽）现在，我的最美的朋友，我希望我有几枝春天的花朵，可以适合你的年纪——还有你，还有你，在你们处女的嫩枝上花儿尚含苞未放。普洛塞庇那啊！现在所需要的正是你在惊惶中从狄斯的车上堕下的花朵！在燕子尚未归来之前，就已经大胆开放，丰姿招展地迎着三月之和风的水仙花；比朱诺的眼睑，或是西塞利娅的气息更为甜美的暗色的堇菜；像一般薄命的女郎一样，还不曾看见光明的福玻斯在中天大放荣辉，便以未嫁之身奄然长逝的欧报春；勇武的牛唇报春，皇冠贝母；以及各种的百合花，包括着圣母百合。唉！我没有这些花朵来给你们扎成花圈。[1]

**迷迭香**（学名*Rosmarinus officinalis*，英文名rosemary），是古时

---

① 朱生豪译。本书译者把“卡耐馨”改为“康乃馨”（原文carnations），把“斑石竹”改为“有条纹的康乃馨”（原文streak'd gilly-vors）；还原了原文的薰衣草（lavender）、欧风轮（savory）、牛至（marjoram）；并把“万寿菊”改为“南茼蒿”（原文marigold），“紫罗兰”改为“堇菜”（原文violet），“樱草花”改为“欧报春”（原文pale primrose）；把其中的“勇武的，皇冠一样的莲香花；以及各种的百合花，包括着泽兰”改为“勇武的牛唇报春，皇冠贝母；以及各种的百合花，包括着圣母百合”（原文Bold oxlips，and the crown-imperial；lilies of all kinds，the flower-de-luce being one！）。此外，英语lily可用来指多种类似百合的植物，例如百合、睡莲、鸢尾花等。中文没有包含以上各种花儿的对应词，姑且保留原译“各种的百合花”。

候人们熟知的一种芳香宜人的植物。狄奥斯科里迪斯、盖伦、普林尼都曾写过相关介绍。英国很多早期作家都认为迷迭香具有醒脑和增强记忆的作用。斯宾塞在1590年创作的《蝴蝶的命运》(*Fate of the Butterflie*)中称它是“沁人心脾的迷迭香”。古罗马诗人维吉尔在《小虫》(*Gnat*) 里称它是“欢欣愉悦的迷迭香”。

迷迭香

托马斯·牛顿[①]在1587年出版的《圣经中的植物》里写道:“迷迭香的清香即刻让人醒脑提神,精神振奋,心情愉悦。”

在《哈姆莱特》第四幕第五场,奥菲利娅对雷欧提斯说:

> 这是表示记忆的迷迭香;爱人,请你记着吧:这是表示思想的三色堇。[②]

① 托马斯·牛顿(Thomas Newton,约 1542—1607),英国作家、翻译家,著有历史、医药和神学方面的作品。《圣经中的植物》(*Herbal to the Bible*)一书是他从拉丁文翻译改写而成的著作。

② 朱生豪译。

迷迭香能提高记忆力的特性使它成为恋人之间忠诚的象征，也成为朋友间相互馈赠的礼物。

有一首写于1584年的十四行诗，题为“恋人们最爱的芳香花束，新年欢庆时表露心迹的爱的象征”，录入《鲁滨逊诗歌集》，其中有如下诗句：

迷迭香是为铭记，
彼此共度的日夜，
愿我永远拥有，
你在我的眼帘。

帕金森在1629年出版的《花园》中介绍了迷迭香的特点：“迷迭香跟月桂和其他药草一样大有裨益，对身心都具有疗愈作用；迷迭香还可以用来表达礼仪，用于婚礼、葬礼等场合，也可用来馈赠亲朋好友；迷迭香的医疗保健作用不胜枚举，如果要一一陈述，读者会跟我这个作者一样不胜其烦。”在帕金森提到的众多好处里包括增强记忆的作用。

罗杰·霍尔克斯（Roger Halketh）医生在1607年发表的一篇题为“婚姻赠礼”的布道词里提到迷迭香：“它在花园里一枝独秀，傲视群芳。它有助于健脑，提高记忆力，可治疗头部的疾病。”

迷迭香在冬季依然茁壮茂盛，绿意盎然，这也许就是人们把它看作记忆的象征的原因。

**芸香**（学名*Ruta graveolens*，英文名rue），是人们非常熟悉的一种味道苦涩的植物，早先的作家们把它称作“慈悲草”（herb of grace）。托马斯·希尔在1568年出版的《园艺之道》中介绍了它的医疗功效，他说：“芸香能消解所有的中毒现象，是穷人们的法宝。米特拉达梯国王不仅亲眼目睹了它的功效，他每日的亲身体验也是最好的见证。是啊，无论是探究入微的画家还是精雕细琢的雕刻家，为了护眼明目，都把芸香和肉类放在一起食用。”

芸香

威廉·科尔斯在《亚当在伊甸园》（*Adam in Eden*）中写道：“这种植物用途广泛，因而在英文里被称作‘芸香慈悲草’，或‘慈悲草’。”他在书中引用了译自《医药之花》（*Schola Salerna*，又名《萨勒诺卫生管理》）[①]的诗句：

① 该书原名*Regimen Sanitatis Salerni*（英文名*The Salernitan Rule of Health*，俗称*The Flower of Medicine*或*The Lily of Medicine*），简称为本书作者所写的*Schola Salerna*。这是文艺复兴之前实用医学文献的经典，它用优美的诗句把卫生知识传播到欧洲。该书被译作多种语言，大约出了300个不同版本，对中世纪医学具有重大影响，是萨勒诺医学校的经典医学文献。

芸香可以清洁身体，滋养眼睛，激发智慧，驱走跳蚤。

在《理查二世》第三幕第四场，园丁见王后十分悲伤，说道：

可怜的王后！要是你能够保持你的尊严的地位，我也甘心受你的咒诅，牺牲我的毕生的技能。这儿她落下过一滴眼泪；就在这地方，我要种下一列苦味的芸香；这象征着忧愁的芳草不久将要发芽长叶，纪念一位哭泣的王后。[①]

托德（Tod）在为弥尔顿的《科玛斯》所做的注解中写道："有些宅子的主人为了逢凶化吉，常备有芸香和迷迭香。"

狭叶薰衣草

**薰衣草、薄荷、欧风轮、牛至**（英文名lavender，mints，savory，marjoram），这些都是香气扑鼻的花园草本植物，在大多数英格兰的乡村花园里都能见到。

① 朱生豪译。

薄荷

希尔曾提到牛至有安神的作用。

人们把薰衣草看作情感的象征。参见迈克尔·德雷顿的第九首《田园诗》(*Eclogues*):

有些花儿他偶然所得,
另一些却富含深意,
心上人儿送来一束薰衣草,
他也要回一个爱的告白,还她一个热切盼望的答复:
送心上人一束迷迭香,想要她知道,
他唯愿自己永远在她的心头。

**南茼蒿**(学名 *Glebionis segetum*,英文名 marigold)[①],这里是指野生的南茼蒿。而莎士比亚笔下的南茼蒿却是花园里的品种,他描写了它的花瓣日出绽放、日落闭拢的习性,野生的南茼蒿不具备这一特点。莎士比亚对这一特点进行了细致优美的描写,当清晨的露珠挂满南茼蒿时,它的确像在哭泣中绽开了朵朵花瓣。

在《辛白林》第二幕第二场,南茼蒿被称作眨眼的花蕾。

---

① 原文的拉丁名 *Chrysanthemum segetum* 为异名。

在《鲁克丽丝受辱记》中，莎士比亚再次提到南茼蒿：

> 她两眼犹如南茼蒿，已经收敛了灵辉，
> 正在陶然安息，隐形于长夜的幽晦，
> 要等黎明再睁开，好把白天来点缀。[①]

希尔说："这种花一开一合，宣告黎明和黄昏的到来，因此又被叫作农夫的钟表。它还被称作太阳之花，从日出到正午，南茼蒿一点点盛开；从正午到黄昏，花瓣又一点点收拢，一直到夜幕降临，花瓣完全闭合。"

莎士比亚在第25首十四行诗里，把宠臣比作南茼蒿：

> 宫廷宠臣的枝丫，
> 像阳光下的南茼蒿一样延展；
> 内心里他们却把傲慢深埋，
> 因为只要一个皱眉，他们就得在荣耀里消亡。

普莱姆[②]在《大卫的告慰》（*Consolations of David*，1588年11月17日作于牛津与伊丽莎白女王有关的布道）中写道："大卫意识到他确实不曾到过这里，他表示自己不再做像南茼蒿一样的上帝仆人，

---

① 杨德豫译。本书译者把其中的"金盏草"改为"南茼蒿"（原文marigold）。

② 约翰·普莱姆（John Prime），英国牧师。

逢日出盛开，遇夜露闭合。”

南茼蒿

威廉·布里恩在1562年出版的《药草书》里写道：“南茼蒿又叫太阳花（*solsequium*），它的花朵一整天都在随着太阳转动，到了傍晚又在太阳金黄的余晖里闭拢。”

约翰·戴（John Day）在1607年出版的《蜜蜂王国》（*Parliament of Bees*）里把南茼蒿称作“追日南茼蒿”。

布朗在1613年出版的《田园诗》第一卷的第五首诗里提到南茼蒿的上述习性：

> 可是，姑娘，看那暮色苍白，这一日就要伴随南茼蒿花苞一同闭合了。

在西尔维斯特翻译的迪巴尔塔斯的作品《神圣的日子》里，关于第一周第七天的描述包含下列有关南茼蒿的句子：

> 你看见灿烂的阳光和南茼蒿之间的默契一致，难道不

会想到我们也同样要追寻生命里的正义之光吗？

**欧报春**（学名*Primula vulgaris*，英文名primrose，common primrose），生长在林间、篱边和草地上，早春开花，花朵大多黄绿色，偶尔会发现接近白色的浅黄色花朵。白色的欧报春比黄色的更香，枝叶也更绿，把它们叫作“芳香欧报春”或许更合适。①

莎士比亚笔下所写的“未嫁先逝”的白色欧报春，一直令众多评论家深感困惑。我认为，它是指尚未成熟结籽的花儿。托德在其编纂的弥尔顿作品集中也加入了这一讨论，他在《利西达斯》（*Lycidas*）一诗的注解中谈到“孤独而亡的欧报春”：“欧报春为什么未嫁先逝？”他的回答是：“在莎士比亚看来，欧报春在其他花儿开放之前盛开、凋零，倍感孤寂而死。但是这种看法并不科学，真正的原因在于人们相信太阳和某些花之间存

欧报春

① 1865年英国《植物学刊》上发表的书评指出，地上的浅色欧报春在很多艺术家的临摹中都呈黄绿色，而树篱中的欧报春则呈一律的浅色，因而认为本书作者的描述有误。

在着恋爱关系，而这些欧报春长在遮阴处，未曾受到太阳的爱恋或垂青。”德雷顿在第九首《田园诗》（第四卷第八页）里写道：

> 比蔷薇更加娇艳，点缀恋人们时光的，是日神菲比斯的情人们，堇菜和南茼蒿。

欧报春与其他同类一样，无法在蔽阴处存活。

**康乃馨和其他石竹类**（英文名carnations，gillovors或gilloflowers），石竹属（*Dianthus*）植物，在莎士比亚时代很常见。帕金森在1629年出版的献给查理一世王后的《花园》中写道：“康乃馨和其他石竹类是所有英格兰花园里最常见的花”，他称它们是“英格兰花园的骄傲，欢欣女王，群芳之首”。他又接着写道：“康乃馨在7月开花，花期一直持续到秋风将其催落，或整株植物彻底枯萎，到那时它才会最终凋零。康乃馨花朵的数量随着新枝的增多而增多。”此外，帕金森把康乃馨和同称为

康乃馨

gilloflower[1]的紫罗兰（stock gillovor）进行了比较区分。

须苞石竹

杰勒德在《草本志》里介绍了康乃馨，他说："的确在植株的顶端会开出漂亮芬芳的花朵，具有非常甜美的香味，花朵呈柔和的粉红色（carnation），故而得名康乃馨（carnation）。"[2]

塔瑟在《关于农业管理的五百条建议》里提到红、白、浅红三种颜色的康乃馨，以及与桂竹香（wall gilloflowers）和紫罗兰（stock gilloflowers）之间的区别。他写道：有经验的栽培者都清楚，看上去像笼罩了一层霜雪的是康乃馨。

斯宾塞在《霍比诺尔之歌》（*Hobbinol's Dittie*）里有如下诗句：

> 请连同石竹花一起带来粉色和紫色的耧斗菜，
> 请带来情人们佩戴的沁人的康乃馨和美酒面包。

---

① 在莎士比亚时代，gilloflower 多用来指香气浓郁的植物，比如康乃馨、紫罗兰等。

② "康乃馨"这个名字是英语 carnation 的音译，意译为"粉色花"。

威廉·胡克[1]在《英国花朵》(*British Flora*)第一卷第177页香石竹(学名*Dianthus caryophyllus*,英文名clove-pink carnation,clove gillyflower)的词条下写道:“几乎没有哪个人在见到这种长在旧墙上的植物时能联想到它是‘当令最美花卉’或花园里五彩缤纷的康乃馨的起源,尽管理论上它一直都被当作它们的起源。”

潘狄塔[2]表示,有条纹的康乃馨(the streaked gillovors)是异花传粉的结果。莎士比亚借剧中人物潘狄塔的妙语提到了这一自然规律以及扦插繁殖技术。

皇冠贝母

潘狄塔把包括鸢尾花在内的一切类似百合的花统称为皇冠贝母,春天的花朵。

**皇冠贝母/王贝母**(学名*Fritillaria imperialis*,英文名crown impeiral)[3],帕金森说道,“众所周知,皇冠贝母以其雍容典雅之美,当之无愧居花园群芳之首,享百花之先”。

**百合**(英文名fleur-de-lis) 莎士比

---

① 威廉·杰克逊·胡克(William Jackson Hooker,1785—1865),英国植物学家、植物学插图画家。

② 莎士比亚作品《冬天的故事》里的人物,里昂提斯及赫米温妮的女儿。

③ 原文的拉丁名有误,译文中已更正。

亚的作品有多个版本，在其中一些版本里fleur-de-lis也拼作fleur-de-luce。

我认为莎士比亚笔下的这种花是圣母百合/白百合（学名*Lilium album*）。

贝利[1]编纂的字典中有flower-de-luce的词条，意思是光明之花，应该是指百合：百合一株生三枝，是三位一体的象征，三枝分别代表智慧、信仰和勇气。贝利还指出，百合也是刚正不阿品质的象征。

圣母百合

① 内森·贝利（Nathan Bailey，生年不详，卒于1742年），英国文献学家、词典编纂者，编有《通用英语词源》（*The Universal Etymological Dictionary*，1721），在英国很有影响。

# 第十三章 《麦克白》[①]

在《麦克白》第一幕第三场，班柯在女巫们消失后对麦克白说：

> 我们正在谈论的这些怪物，果真曾经在这儿出现吗？还是因为我们误食了令人疯狂的草根，已经丧失了我们的理智？[②]

我们很难判断莎士比亚笔下令人疯狂的草根究竟是哪一种植物，奈特先生在其编纂的莎士比亚作品集里写道："上述植物是天仙子，在一本古老药典里被称作'失智草'，莎士比亚很可能查过这本药典。"然而，奈特先生并未给出这本药典的名称。还有一本印于1535年的旧书，书名叫《巴塞洛缪的物之属性》（*Bartholomaeus de*

① 这部剧作首次出版于1623年，第一对开本。——原注
② 朱生豪译。

*Prprietatibus Rerum*）[①]，其中有一段介绍天仙子的文字："这种草本植物叫失智草，意思是致疯的，它非常危险，一旦入口，便会致人发疯或愚钝。这种植物会摄取人的思维和理智，因而常被叫作*Mirilidni*[②]。"

天仙子

约翰·伯昕[③]在《植物史》（*Historia Plantarum*）

---

① 下面是杜斯先生（Francis Douce）在《莎士比亚和古代礼仪插图本》（*Illustrations of Shakespeare and Ancient Manners*）中对该著作的描述：这是一本用拉丁语编纂的自然通史，编者是萨福克伯爵家族一位名叫巴塞洛缪·格伦威尔（Bartholomew Glanville）的英国修士。他在1360年左右盛极一时，俨然是当时的普林尼。当时印刷术尚处于初期阶段，这本书就已被多次印刷，还被译成英文、法文、荷兰文和西班牙文等多国文字。其中，英文版本的译者是约翰·特里维萨（John Trevisa），康沃尔人，格洛斯特郡巴克利教区的牧师。在其保护人托马斯·巴克利勋爵的邀请下，约翰·特里维萨于1398年将该书译成英文，威肯·德·沃德（Wynkyn de Worde，英国印刷及出版商，曾担任英国第一家印刷厂的主人威廉·卡克斯顿的助手，后来成为他的继承人，并在英国普及印刷品，约于1534年去世。——译者注）将其出版。尽管有人声称该书的英文译本最初是由卡克斯顿出版的，却并未得到证实。该书第二版在1535年由托马斯·贝特莱提（Thomas Berthelette）以对开本形式出版。约翰·特里维萨被富勒纳入其著作《英格兰名人传》中，根据富勒的记载，约翰·特里维萨出生在康沃尔郡的卡罗道克（Carodock），他曾把《圣经》译成英文，译文水平远在威克利夫（Wycliff）之上，却远不及廷德尔（Tyndal）。特里维萨活了一大把年纪，大约在1400年去世。——原注

② 可能拼写有误，根据上下文推测，是"丧失理智"的意思。

③ 约翰·伯昕（John Bauhin），瑞士植物学家。

中写道："天仙子又叫失智草（herba insana）。"狄奥斯科里迪斯的《药典》也介绍了天仙子使人发狂的特点。安德鲁·布尔德[1]在1557年出版的《健康摘要》（*The Brevyary of Health*）系列的第二卷（即《编外卷》）中有如下描述："天仙子是一种使人丧失理智的植物，它在希腊文中被称作hyoscyamus，对应的英文名为天仙子（henbane），无论是谁吃了天仙子或名叫颠茄的植物，都要么发疯，要么产生幻觉。"

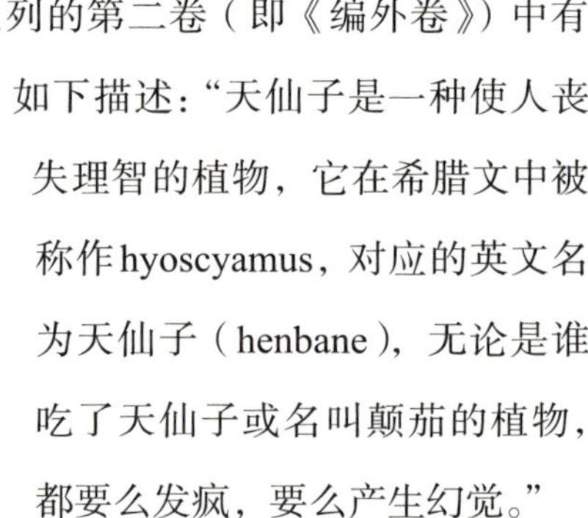

欧防风

特纳医生认为黑色天仙子毒性最大，它致人发疯，甚至使人陷入深度昏迷，因而他建议禁用。

布里恩医生在《药草书》中指出："无论用天仙子做汤还是拌沙拉，食用者都会丧失理智，若食用量超过四片叶子，会有深陷昏迷、不再苏醒的危险。"某些评论家提出莎士比亚说的是hemlock，却并未指明它是毒参（学名*Conium maculatum*，英文名common hemlock），还是块根水芹（学名*Oenanthe crocata*，英文名water hemlock），二者都具有毒性。块根水芹长有跟欧防风（学名

① 安德鲁·布尔德（Andrew Boord或Borde，约1490—1549），英国旅行家、医生、作家。据有关记载，《健康摘要》一书初版应为1547年。

*Pastinaca sativa*，英文名 parsnips）一样肥大的根部，因而常被误食，误食者会出现下列可怕症状：中毒、眩晕、丧失知觉，或死亡。[①]

① 罗伯特·伯顿（Robert Burton）在《忧郁的解剖》（*Anatomy of Melancholy*）中谈到曼德拉草根，把它称作失智草。一些生物期刊近期发表的文章指出，莎士比亚所说的这种植物是 *Atropa belladonna*，即颠茄或致命龙葵，叶子和果实含有致命毒素。根据霍林斯赫德的记载，邓肯一世曾用一种植物给丹麦士兵下毒，如果二者同属一种植物，那它应该是 muckelwort。霍林斯赫德在《英格兰、苏格兰、爱尔兰编年史》中记叙道："苏格兰人把这种植物的果汁混入啤酒和面包，搅拌均匀后，送给了敌人。丹麦士兵吃完后陷入了唤不醒的深眠之中，他们中的大部分人就在这样的昏迷里遭到了麦克白手下士兵们的杀戮。"——原注

# 第十四章 《理查二世》①

在《理查二世》第二幕第四场，一位队长回答萨立斯伯雷伯爵：

队长：人家都以为王上死了；我们不愿意再等下去。我们国里的月桂树已经一起枯萎；流星震撼着天空的星座；脸色苍白的月亮用一片血光照射大地；形容瘦瘠的预言家们交头接耳地传述着惊人的变化；富人们愁眉苦脸，害怕失去他们所享有的一切；无赖们鼓舞雀跃，因为他们可以享受到战争和劫掠的利益：这种种都是国王们死亡没落的预兆。再会吧，我们那些弟兄们因为相信他们的理查王已经不在人世，早已纷纷走散了。（下）

萨立斯伯雷：啊，理查！凭着我的沉重的心灵之眼，

---

① 这部剧作首次出版于1597年，四开本。——原注

我看见你的光荣像一颗流星，从天空中降落到卑贱的地上。你的太阳流着泪向西方沉没，看到即将到来的风暴、不幸和扰乱。你的朋友都投奔你的敌人去了，命运完全站在和你反对的地位。（下）①

**月桂**（学名*Laurus nobilis*，英文名bay-tree）②，是常见树种，可见于英格兰许多地方。特纳医生说："月桂在英格兰算不上名贵树种，但英格兰许多地方的月桂都比德国的月桂更加茂盛。"根据杰勒德的记载，月桂不分冬夏，四季常青。伊夫林在《森林志》中把月桂叫作"高贵且香气四溢"的树。人们在很久以前便发现，月桂除拥有其他特性外还能预兆某些奇异现象。有相关记载表明，在恶魔尼禄死前的那个冬天，天气并不太冷，可是许多月桂却

月桂

---

① 朱生豪译。

② 原文标注的拉丁名 *Laurus vulgarsi*，可能有误。

逐渐凋零，最终根枯树烂，苏维托尼乌斯[①]撰写的《加尔巴》(*Galba*)证实了这一记载。许多年后，在1629年的帕多瓦发生了一场可怕的瘟疫，著名的帕多瓦大学附近的月桂也在此前几乎全部枯死。

韦斯特马科特在《圣经植物志》里介绍了月桂的特性和用处，他说："博物学家们认为月桂能防避雷电。不仅如此，人们在月桂树下还能免受巫术和恶意的攻击。据说公鸡在暴风雨来临时也会躲在月桂树下。"

① 苏维托尼乌斯（Gaius Suetonius Tranquillus，约公元69—140），古罗马历史学家。

# 第十五章 《亨利四世上篇》[①]

这部剧作提到的植物有蕨类植物/羊齿植物、珍珠蓍、黑莓/异色悬钩子和果香菊/洋甘菊。

在《亨利四世上篇》第二幕第一场，盖兹希尔和旅馆掌柜的对话如下：

> 盖兹希尔：不会的，不会的；法律已经替它抹上油了。咱们做贼就像安坐在城堡里一般万无一失；咱们已经得到羊齿草子的秘方，可以隐身来去。
>
> 掌柜：不，凭良心说，我想你的隐身妙术，还是靠着黑夜的遮盖，未必是羊齿草子的功劳。[②]

---

① 这部剧作首次出版于1598年，四开本。——原注

② 朱生豪译。

**蕨类植物/羊齿植物**（英文名fernbush），属于隐花植物，它的孢子生长在叶片背面，体积微小。在霍兰翻译的普林尼的《博物志》中，第27卷第9章写道："蕨类植物分为两个大类，皆不开花结籽，有的希腊人把其中一类叫作Pteris，另一类叫作Blechnon。"根据格罗斯（Grose）的记载："人们认为蕨类植物的孢子具有非凡的魔力，必须在仲夏夜加以采集。"布兰德（Brand）记叙道："我们的祖先认为蕨类植物的孢子可以隐身，并在形象学说的基础上，通过超乎寻常的推理，得出结论：凡是掌握了携带蕨类植物孢子秘方的人都可以隐身。"

上述选段中旅馆掌柜对盖兹希尔的回应清楚表明，尽管莎士比亚了解蕨类植物生产孢子的事实，却并不相信隐身魔力，他认为这种说法荒诞不经。普林尼及部分早期的植物学家指出，蕨类植物既不开花也不结籽，但威廉·特纳却在1562年出版的《草本志》一书中指出："不仅普通老百姓认为蕨类植物产籽，一位名叫希洛尼穆斯·泰格斯[①]的基督徒医生也持有同样看法。这位医生不仅指出蕨类植物结籽的事实，还记载了他在仲夏夜发现蕨类植物孢子的经历。"

我摘取了他在《草本志》里的相关描述，并译成英文："所有关于草本植物的著作都断定蕨类植物既不开花也不结果，我却多次证明事实并非如此，接下来我将在此向研究植物学的人们予以证明。我曾连续四年在施洗者圣约翰节的晚上，即英国传统的仲夏夜，找

---

① 希洛尼穆斯·泰格斯（Hieronymus Tragus Bock，1498—1554），德国植物学家、医生、路德教派牧师。

寻蕨类植物的孢子。我的确在天刚破晓时找到了它们。孢子的体积很小，呈黑色，看上去像凸起的眼珠。”他在介绍完收集孢子的方法后，又说：“我做这件事的时候，找了两三个诚实可靠的男人一同前往，还用了包括幻象、戏法、魔法、巫术在内的各种方法。在我找寻孢子的时候，当地人点起的篝火把邻近的整个村落都照亮了。有时候我能找到孢子，有时候找不到。有时候数量多，有时候数量少。至于是什么原因导致这样的差异，这背后有着怎样的意义，我都不得而知。”

布里恩医生说：“尽管巫士们相信在仲夏夜采集的蕨类植物孢子能用来炮制神奇秘方，但实际上蕨类植物根本不生产孢子①。不过我可以保证，正如海水可以燃烧，一切皆有可能。”

杰勒德在介绍蕨类植物时写道：“人们相信蕨类植物靠受精繁殖，却又从未见过它的种子，终于如堕雾里。人们百思不得其解，便赋予蕨类植物孢子以千奇百怪的魔力，其中一些魔力至今还未被乡下姑娘们忘记或识破。”

在《亨利四世上篇》第二幕第四场：

亲王：现在老实告诉我，福斯塔夫的剑怎么会有这许多缺口？

① 现在看来这一说法不正确，蕨类植物是通过产生孢子来繁殖后代的。

皮多：他用他的刀子把它砍成这个样儿；他说他要发漫天的大誓，把真理撵出英国，非得让您相信它是在激战中砍坏了的不可；他劝我们学他的样子哩。

巴道夫：是的，他又叫我们用珍珠蓍把我们的鼻子擦出血来，涂在我们的衣服上，发誓说那是勇士的热血。[①]

**珍珠蓍**（学名*Achillea ptarmica*，英文名spear grass，sneeze wort yarrow），又叫sneeze wort[②]。珍珠蓍生长在湿草甸、河岸等地，可高达1—3英尺[③]，花期在七八月份。珍珠蓍的叶子呈尖锐的线形，披针状，锯齿形边缘，适合用来刺激鼻腔出血。

在莱茨（Lytes）翻译的多东斯[④]撰写的《植物史》中，珍珠蓍被称作nose-bleed[⑤]。在1561年出版的约翰·霍利布什（John Hollybush）翻译的《家庭药剂师，或适用于所有身体不适和疾病的家庭保健书》[⑥]中包含以下治疗头痛的处方："如果因为血液瘀堵引起头痛，可通过放鼻血来缓解。取红色荨麻的种子，在研钵里捣成粉末后，用

① 朱生豪译。本书译者把其中的"尖叶草"改为"珍珠蓍"（原文 spear grass）。

② sneeze wort 的字面意思是"喷嚏草"。

③ 约 0.3—0.9 米。

④ 多东斯（Rembert Dodoens，1517—1585），佛兰德医生、植物学家，著有《植物史》（*Historie of Plants*，1578），详细介绍了各种药草，是当时的药草百科全书，在欧洲两个世纪内被用作医学参考书，具有重大影响。

⑤ nose-bleed 的字面意思是"鼻出血"。

⑥ 该书的英文名为 *Homish Apothecary, or Homely Physick Booke for all Grefes and Diseases of the Bodye*。

空心的羽茎往鼻子里吹一点即可。若没有荨麻种子，也可以从蓍这种植物上撕一小片叶子放进鼻腔，然后用手揉捏鼻子外侧，鼻子也会出血。”

杰勒德在《草本志》第438章第1073页写道：“把珍珠蓍放进鼻腔，确实会导致出血，缓解偏头痛。”

菲利普斯（Phillips）编写的《新词词典》（*World of New Words*）和科尔斯编写的《拉丁语英语词典》（*Latin and English Dictionary*）都标明珍珠蓍又叫nose-bleed。

由英国医生威廉·罗兰（William Rowland）翻译的施罗德（Schroder）编写的《药品处方大全》（*Complete Chymical Dispensatory*）对珍珠蓍做了如下描述：“把蓍、蓍草或千叶蓍放进鼻腔会导致出血。”①

托马斯·勒普顿（Thomas Lupton）在《要物杂谈》②第二卷第90条对珍珠蓍进行了介绍。

在《亨利四世上篇》第二幕第四场，亨利亲王和波因斯坚持要福斯塔夫说出他的理由时，福斯塔夫回答：

---

① 1865年英国《植物学刊》上发表的书评指出，作者把珍珠蓍等同于杰勒德、莱茨和其他植物学家笔下的蓍/千叶蓍是错误的，二者应该属于两种不同的植物，珍珠蓍的拉丁名为*Achillea ptarmica*，而蓍/千叶蓍的拉丁名为*Achillea millefolium*。书评还指出，莎士比亚笔下的spear grass可能是常见的芦苇（*Phragmites communis*）。

② 该书的英文全名为*A Thousand Notable Things*，*of Sundry Sortes Whereof Some Are Wonderfull*，*Some Straunge*，*Some Pleasant*，*Diuers Necessary*，*a Great Sort Profitable*，*and Many Very Precious*。

什么，这是可以强迫的吗？他妈的！即使你们把我双手反绑吊起来，或是用全世界所有的刑具拷问我，你们也不能从我的嘴里逼出一个理由来。强迫我给你们一个理由！即使理由多得像黑莓，我也不愿在人家的强迫之下给他一个理由。[①]

**黑莓/异色悬钩子**（学名*Rubus discolor*，英文名blackberry），黑莓或荆棘类植物的果实，常生长在树林灌木间，八九月份是盛产果实的旺季。黑莓生命力旺盛，擅长攀缘。莎士比亚在《错误的喜剧》中用“摄取的荆棘”一词恰如其分地刻画出该类植物攀缘、覆盖其他植物的特点。凡是到过埃塞克斯山林，即埃平森林和黑诺特森林一带，或南端的赫德利城堡的人，都会对“多得像黑莓”这个比喻心领神会。

黑莓

① 朱生豪译。本书译者把其中的“乌莓子”改为“黑莓”（原文 blackberries）。

在《特洛伊罗斯与克瑞西达》第五幕第四场，忒耳西忒斯这样评价俄底修斯：

> 那头狗狐俄底修斯，他们定下的计策，简直不值一颗黑莓。[①]

在同一场中，福斯塔夫对亨利亲王说：

> 哈利，我不知道你在什么地方消磨你的光阴，更不知道有些什么人跟你做伴。虽然洋甘菊越被人践踏越长得快，可是青春越是浪费，越容易消失。[②]

**果香菊/洋甘菊**（学名*Chamaemelum nobile*，英文名camomile，common camomile）[③]，英格兰公地上生长着大量的洋甘菊，它们在七八月份开花，花朵单生，散发着怡人的芬芳。洋甘菊本身味道苦涩，人们过去常在花园种植洋甘菊以作药用或其他。特纳医生在《草本志》里写道："在德国很少见到洋甘菊，英国却多得很，它们不只生长在花园里，在伦敦8英里以外的里士满附近，也能见到大量野生

---

① 朱生豪译。本书译者把其中的"乌莓子"改为"黑莓"（原文blackberries）。

② 该选段出自《亨利四世上篇》第二幕第四场。朱生豪译。本书译者把其中的"紫菀草"改为"洋甘菊"（原文camomile）。

③ 原文的拉丁名*Anthemis nobilis*为异名。

果香菊

洋甘菊。”

黎里[①]在《尤弗伊斯》（1588）中写道：“洋甘菊越是被踩踏，繁殖得越快，而堇菜却每触碰一下，就枯败得更早一点。”

R. R.对西尔维斯特翻译的迪巴尔塔斯的作品《神圣的日子》大加称赞，他说：“压力越大，成就越大，就像洋甘菊一样，愈是被践踏，就愈是茂盛。”

帕金森在1629年出版的《菜园》第477页写道：“洋甘菊是人们熟悉的一种普通草本植物，它常被种植在大街小巷和可供人们坐下歇息的堤岸。在干燥的天气里，洋甘菊越是被踩压，便越是贴紧地面，向四周伸展开去，且边伸展边把根扎在地里。”

塞缪尔·克拉克[②]在《殉教通史》（*General Martyrologie*，1657）“写给读者的信”中表示，上帝的子民如同洋甘菊一般，愈是践踏，愈

① 约翰·黎里（John Lyly 或 Lylie，1553 或 1554—1606），英国戏剧家、散文小说家，尤以散文小说《尤弗伊斯》（*Euphues*）著名。

② 塞缪尔·克拉克（Samuel Clark，1675—1729），英国哲学家、教士。

是遍布各地。

莎士比亚在上述选段中描述了他所熟悉的洋甘菊的本性和生长特点，而并非（如奈尔斯医生[①]在《奈尔斯词汇表》中所称）旨在对黎里《尤弗伊斯》里的相关描述进行嘲讽。

在《亨利四世上篇》同一场中：

> 桃儿：他们说波因斯有很好的才情。
>
> 福斯塔夫：他有很好的才情！哼，这猴子！他的才情有一粒图克斯伯里芥末子那么大呢。要是他会思想，一根木棒也会思想了。[②]

**图克斯伯里芥末**（英文名 Tewkesbury mustard），是莎士比亚时代的最佳美食。卡姆登在《不列颠志》里写道，图克斯伯里是个规模不小的美丽的镇子，有三条河流经此地，每条河上都架有一座连接图克斯伯里和外界的桥梁。这个镇子因为盛产羊毛布料和辛辣芥末而出名。柯根在《健康天堂》里写道："据我所知，全英国最好的芥末是在图克斯伯里、格洛斯特郡、韦克菲尔德、约克郡这四个

---

① 罗伯特·奈尔斯（Robert Nares，1753—1829），英国教士、语言学家、作家，主要著作为《奈尔斯词汇表》（*Nares' Glossary*，1822）。

② 该选段应出自《亨利四世下篇》第二幕第四场，原文有误。朱生豪译。本书译者根据英文剧作中的植物名称把"芥末子"改为直译"图克斯伯里芥末子"。

地方。”

罗伯特·特纳在1664年出版的《英国医生》一书里写道：“图克斯伯里以生产芥末闻名，那一带生长着大量的野生芥菜。”威廉·科尔斯在《亚当在伊甸园》中也写道：“图克斯伯里生长着大量野生芥菜，人们把它磨成粉制成芥末球，那是世界上最美味的食物。”

**黑芥**（学名 *Brassica nigra*，英文名 mustard）[①]，我们所说的芥末是用黑芥种子研磨而成的，人们种植黑芥多是为了制作芥末。1508年，伦敦的威肯·德·沃德（Wynkyn de Worde）出版了一本名为《厨艺之书》（*The Book of Kervynge*）的稀奇古怪的书，里面有关于芥末这种佐料的介绍，书中写道：“厨师必须要懂得厨艺，刀工要稳熟。要保证刀刃锋利，手已经洗干净。然后，拿刀把盘子里的面包切成片，最后把它放在准备端给主人的

黑芥

① 原文的拉丁名 *Sinapis nigra* 为异名。

托盘上，记得放上芥末。”

有句英语谚语，“吃完肉后上芥末”[①]。富勒和格罗斯介绍了一句格洛斯特郡的谚语：“他看上去像一向以图克斯伯里芥末为生。”又补充道：“图克斯伯里以芥末闻名，那儿的芥末极其辛辣刺激，是全英国的芥末之最。”

在《亨利四世上篇》第三幕第一场，葛兰道厄向摩提默提起威尔士女人时这样说：

> 她叫你躺在软绵绵的菖蒲上，把你温柔的头靠着她的膝，她要唱一支你所喜爱的歌曲，让睡眠爬上你的眼睑，用舒适的倦怠迷醉你的血液，使你陶然于醒睡之间，充满了朦胧的情调，正像当天马还没有从东方开始它的金色的行程以前那晨光熹微的时辰一样。[②]

《罗密欧与朱丽叶》第一幕第四场也提到了菖蒲。罗密欧大声呼喊道：

---

① 该谚语的英语原文为：After meat mustard。意思相当于雨后送伞。

② 朱生豪译。本书译者把其中的“茵荐”改为“菖蒲”（原文 rushes）。作者认为，莎士比亚笔下用来铺地的 rushes 很可能是菖蒲。本书译者因此把后文中的 rushes 均译为“菖蒲”。

拿一个火炬给我。让那些无忧无虑的公子哥儿们去用脚跟撩拨那些无知无觉的菖蒲吧；莫怪我说句老气横秋的话，我对于这种玩意儿实在敬谢不敏，还是做个壁上旁观的人吧。①

在《辛白林》第二幕第二场，阿埃基摩看到伊摩琴睡着后说：

蟋蟀们在歌唱，人们都在休息之中恢复他们疲劳的精神。我们的塔昆正是像这样轻轻踩着菖蒲，走到那被他毁坏了贞操的女郎的床前。②

在《驯悍记》第四幕第一场，葛鲁米奥问寇提斯：

厨子呢？晚饭烧好了没有？屋子收拾了没有？菖蒲铺上了没有？蛛网扫净了没有？③

在《亨利四世下篇》第五幕第五场，两位内侍进屋拿菖蒲为加冕归来的国王铺地，内侍甲说：

---

① 朱生豪译。本书译者把其中的“让那些无忧无虑的公子哥儿们去卖弄他们的舞步吧”改为上文画波浪线部分的直译（原文 Tickle the senseless rushes with their heels）。

② 朱生豪译。本书译者把其中的“蹑手蹑脚”直译为“轻轻踩着菖蒲”（原文 Did softly press the rushes）。

③ 朱生豪译。本书译者把其中的“芦草”改为“菖蒲”（原文 rushes）。

再拿些菖蒲来，再拿些菖蒲来。[1]

英国在引进地毯前盛行用菖蒲铺设房屋、大厅和教堂的地面，这一做法一直延续到莎士比亚时期。伊丽莎白女王在格林尼治的会客厅地面就是用菖蒲铺垫的。德克在《笨人初级读本》里提道，当时的戏台也是铺着菖蒲的。

布里恩医生在1579年出版的《防御堡垒》（*Bulwark of Defence*）一书第27页写道："生长在干地上的草适宜用来铺厅堂、寝室和画廊的地面，保护拖曳的裙幅不着泥尘。菖蒲就像宫廷老臣，一旦有朝一日失宠，便被弃于门外，那些曾经踩踏其上的大臣们的命运同样如此。"安德鲁·布尔德[2]医生在1557年出版的《健康摘要》系列的第二卷（对开本，第106页）中介绍了一种治疗咳嗽的方法："首先要让病人待在空气新鲜的地方，里面不能有穿堂风、堆积的牛粪或其他异味，要让病人避免清扫马匹或马路，避免在藏纳灰尘的菖蒲做的草席上跳舞。"

托马斯·牛顿在1587年出版的《圣经中的植物》中做出如下记载："许多英国人会在夏天把门厅和教堂铺上菖蒲，这样既凉爽，又

---

① 朱生豪译。本书译者把其中的"蔺草"改为"菖蒲"（原文 rushes）。

② 上文提到的布里恩在他的《对话》里也提到布尔德医生，其内容如下："安德鲁·布尔德医生同样擅长编写令不列颠人们受益的医学专著。这个人宣称自己住在大都市，目睹了那里发生的三桩毛骨悚然的悲剧，第一桩大概是一命呜呼了，第二桩跟锉牙有关，第三桩十分恐怖，是关于当地居民的。然而，这位布尔德先生实际上住在跟鸟窝或笼子一样大的罗马城，这篇报道也是他在罗马城里写成的。"布尔德是亨利八世统治期间一位小有名气的医生。——原注

能闻到清香的气味，这一点无可非议。可是，现在竟然连教堂也用舒适清新的绿草来铺饰，以飨感官，并且如此一来，各种宗教皆可完全与世隔绝，圣洁之光丝毫不外露，这也实在是新鲜。”

菖蒲

**菖蒲**（学名*Acorus calamus*，英文名sweet flag，myrtle grass，sedge），很可能是用来编制草席的植物。从前的人们认为菖蒲有防腐和防传染的功效。据牛顿观察，菖蒲的茎、叶和根经揉搓后会散发香味。

C. A. 约翰斯神父在《田间野花》（*Flowers of the Field*）中这样介绍菖蒲：“据说，这种草便是英国在使用地毯前为上等人物铺地用的。当时伦敦周围没有菖蒲，人们往往花大价钱把它从诺福克和萨福克运过来。人们当年指控红衣主教伍尔习生活奢靡的证据之一便是他过于频繁地更换菖蒲做的草席。诺里奇大教堂如今仍在节日期间用菖蒲铺地。”①

① 1865 年英国《植物学刊》上发表的书评指出，菖蒲生长在湿地、死水或河边，与作者引用的布里恩的描述不相符合，而且菖蒲也从来没有被称作“rush”，因此菖蒲应该并非作者所引用的植物学家们笔下的植物，也并非莎士比亚笔下用来铺地的草席材料。

# 第十六章 《亨利四世下篇》①

莎士比亚在该剧作的第四幕第四场提到乌头这一植物。

亨利王和克莱伦斯之间的对话如下：

克莱伦斯：父王有什么吩咐？

亨利王：没有什么，我只希望你好，托马斯·克莱伦斯。你怎么不跟你的亲王哥哥在一起？他爱你，你却这样疏远他，克莱伦斯。你在你的兄弟们中间是他最喜欢的一个，你应该珍重他对你的这番心意，我的孩子，也许我死了以后，你可以在他的尊荣的地位和你的其余的兄弟们之间尽你调和沟通的责任；所以不要疏远他，不要冷淡了他

① 这部剧作首次出版于1600年，四开本。——原注

对你的好感，也不要故意漠视他的意志，他的恩眷是不可失去的。只要他的意志被人尊重，他就是一个宽仁慈爱的人，他有为怜悯而流的眼泪，也有济弱扶困的慷慨的手；可是谁要是激怒了他，他就会变成一块燧石，像严冬一样阴沉，像春潮的冰雪一般翻脸无情。所以你必须留心看准他的脾气。当他心里高兴的时候，你可以用诚恳的态度指斥他的过失；可是在他心情恶劣的时候，你就该让他逞意而行，直到他的怒气发泄完毕，正像一条离水的鲸鱼在狂跳怒跃以后，终于颓然倒卧一样。听我的话，托马斯，你将要成为你的友人的庇护者、一道结合你的兄弟们的金箍，这样尽管将来不免会有恶毒的谗言倾注进去，和火药或者乌头草一样猛烈，你们骨肉的血液也可以永远汇合在一起，毫无渗漏。①

**欧乌头**（学名*Aconitum napellus*，英文名common monkshood，wolf's bane），一种知名药草，多生长在乡下菜园里。它全株有毒，根部毒性最大。欧乌头原生于瑞士，到了莎士比亚所在的年代，英国也开始有人种植欧乌头。欧乌头在五六七三个月份开花，花开在细长的花梗上，呈深蓝色。

---

① 朱生豪译。

欧乌头

古人认为乌头的毒性最烈，并构造寓言说乌头是由赫卡忒[①]所造，在刻耳柏洛斯滴下的毒涎中生长出来的。泰奥弗拉斯托斯[②]认为乌头是无药可解的剧毒，在他所处的时代，法律禁止受极刑者获取乌头。

特纳在他的《草本志》里写道："在所有的毒药当中，乌头毒性发作最快。普林尼曾说，要是有人吃下乌头，那会要了他的命，除非乌头在他的身体里找到另一种可以杀死的东西，而且只有当乌头在他的肠胃里找到另一种毒药，二者互相搏杀，最后同归于尽，那个人才可能侥幸活下来。"特纳又风趣地补充道："我要提醒那些近来收到乌头的伦敦居民注意，它的美花儿在你的'七年之痒'开始前带来的愉悦有多大，它根茎的毒性就有多大。到时候不要说我没警告过你们。"有许多人把乌头的根当作辣根/马萝卜（学

① 赫卡忒是古希腊神话中的冥界女神，常和魔法、巫术、毒草、鬼魂、妖术等联系在一起，是不可抗拒的死神。

② 泰奥弗拉斯托斯（Theophrastus，约公元前 371—约前 287），古希腊哲学家、自然科学家，先后受教于柏拉图和亚里士多德，后成为亚里士多德"逍遥学派"的继承人，因其植物学方面的成就常被称作"植物学之父"。

名*Armoracia rusticana*，英文名horse radish）或芹菜而误食身亡。培根在《木林集》里也提道，在所有植物当中欧乌头的毒性最大。

辣根

在由约书亚·西尔维斯特翻译的迪巴尔塔斯的著作《神圣的日子》里，作者在第80页介绍了乌头："没有哪种经触碰或食用而中毒的烈性毒药或夺命毒草能毒过乌头。"

# 第十七章 《亨利五世》[1]

这部剧作提到的花草有野草莓、南欧蒜/韭葱、毒麦、毒参、药用烟堇、黄花九轮草、地榆、三叶草/白车轴草、钝叶酸模/大羊蹄、丝路蓟和牛蒡。

在《亨利五世》第一幕第一场，伊里主教向坎特伯雷大主教说起亨利亲王：

> 草莓在荨麻底下最容易成长；那名种跟较差的果树为邻，就结下更多更甜的果实。亲王的敏慧的悟性，同样也只是掩藏在荒唐的表面底下罢了；不用问，那就像夏天的草儿在夜里生长得最快，不让人察觉，可只是在那儿往上

---

① 这部剧作首次出版于1600年，四开本。——原注

伸长。[①]

**野草莓**（学名*Fragaria vesca*，英文名strawberry），是一种很小的甜果，多生长在树林和长有荨麻的堤岸上。因为野草莓多向四周蔓爬，有些果子会远离主株，散落（strewed）在附近，这种特殊的生长方式使它得名草莓（strawberry）[②]。

如果良品果树与较差的果树为邻，果子反而更大更甜。巴托洛梅乌斯在第17卷书中写道："亚里士多德曾说过，如果在人工栽培的无花果树前面种一些野生无花果树，更有利于无花果的生长。与其他树种相比，野生树种又干又热，能产生更多热量，滋养人工栽培的果树。同样，把野生无花果树砍碎后埋入人工栽培的无花果树的根部附近，也会达到同样效果。此外，石榴树能为橄榄树提供滋养。"

野草莓

弗朗西斯·米尔斯在《妙语宝库》

① 方平译。

② 草莓的英文名直译是"散落的浆果"。

蓍叶梅

第二卷第二部分第608页引用了普鲁塔克的话："要是葡萄藤旁边长着曼德拉草，酿出来的葡萄酒会更加温润可口。"米尔斯接着在第611页写道："在许多地方，药草旁边的确生长着毒草。"

雷吉诺·史考特[①]在《巫术揭秘》一书第13卷第9章写道："药草有众多益处和特性，不方便一一赘述，这里只援引马提欧利[②]的《草本志》或多东斯来阐明以下特点：许多不同种类的植物之间存在天然的相合或相斥关系，有些植物跟某种植物相邻会生长得更加茂盛，而另一些植物跟它相邻却会枯败消亡。例如，百合和蔷薇相得益彰，菖蒲与蓍叶梅（fernbush）[③]却互相憎恶，难以比邻而居。"

英国北安普敦伯爵亨利·霍华德（Henry Howard）在1583年出

---

① 雷吉诺·史考特（Reginald Scot，约 1538—1599），英国绅士、议会成员，因著有《巫术揭秘》（*Discovery of Witchcraft*）而知名。

② 马提欧利（Pietro Andrea Mattioli，1501—1577），医生、植物学家，将其所在时代的药草知识与狄奥斯科里迪斯的著作相结合，在 1544 年以意大利文出版了《草本志》（*Herbal*），后被译为多种语言。

③ 此处的 fernbush 应该是蓍叶梅（学名 *Chamaebatiaria millefolium*）。

版的《防御预言之毒》(*Defensative against the Poison of Supposed Prophecies*)中写道:“此外,不同种类的植物似乎也能通过互达心意而隐秘结盟,和睦共处,如同琴瑟和鸣一般和谐。我们发现植物之间存在交流和默契关系,有的树木因为相邻树木伸展的枝丫而繁茂或枯败。”

巴纳比·古奇在他翻译的德国人康拉德·赫斯巴赫园艺著作的第二卷中写道:“某些树种之间存在天然的友谊和爱恋关系,应把它们种植在相近的位置,比如葡萄藤和橄榄树,石榴和香桃木(myrtle)[1]。相反,有些树种天生不合,比如葡萄藤和大果榛(filbert)[2]以及月桂,应把它们远远地分开。另外,如果你把大蒜种在玫瑰旁边,开出的玫瑰花会更加芳香扑鼻。”

香桃木

上文提到的荨麻极可能是欧荨麻(学名 *Urtica urens*),这种荨麻很常见,多生长在花园和农田里。莎士比亚在《理查二世》第三幕

① 香桃木,学名 *Myrtus communis*,一种原产地中海的桃金娘科常绿灌木。
② 大果榛,学名 *Corylus maxima*。

第二场中也提到了它。理查王在登上威尔士巴克洛利堡附近的海岸时，回答卡莱尔主教：

欧荨麻

不要供养你的君王的敌人，我的温柔的大地，不要用你甘美的蔬果滋润他的饕餮的肠胃；可是让那吮吸你的毒液的蜘蛛和臃肿不灵的虾蟆挡住他的去路，螫刺那用僭逆的步伐践踏你的奸人的脚。为我的敌人们多生一些刺人的欧荨麻；当他们从你的胸前采下一朵鲜花的时候，请你让一条蜷伏的毒蛇守卫它，那毒蛇的双叉的舌头也许可以用致命的一触把你君王的敌人杀死。①

在《亨利四世上篇》第二幕第三场，霍茨波说：

① 朱生豪译。本书译者把其中的“荆棘”改为“欧荨麻”（原文 nettles）。

可是我告诉你吧，我的傻瓜老爷子，我们要是碰这欧荨麻，很危险；要是采下这花朵，却是安全的。[1]

在《科利奥兰纳斯》第二幕第一场，米尼涅斯欢迎科利奥兰纳斯说：

在我们的城市里却有几棵老山楂树，它们的口味是和你们不同的。可是欢迎，战士们！是欧荨麻我们就叫它欧荨麻，傻瓜们的错处一言以蔽之，其名为愚蠢。[2]

在《亨利五世》第四幕第一场，莎士比亚提到了南欧蒜/韭葱：

毕斯托尔：勒·罗瓦！一个康华人的名字。你是属于康华那一部队的吗？

亨利王：不，我是一个威尔士人。

毕斯托尔：你认识弗鲁爱林吗？

亨利王：认识的。

毕斯托尔：去对他说，到圣大卫节那天，我就要动他头上的韭葱。

---

① 朱生豪译。本书译者把其中的“我们要从危险的荆棘里采下完全的花朵”改为上文画波浪线部分（原文 ...out of this nettle，danger，we pluck this flower，safety）。

② 朱生豪译。本书译者把其中的“荨麻”改为“欧荨麻”（原文 nettles）。

亨利王：那一天你可别把刀子插在自己的帽子上，否则，只怕他会到你的头上来动刀子。[①]

在第五幕第一场，弗鲁爱林和高厄之间的对话如下：

高厄：可不，说得很对。可是你头上今天还插着韭葱，那为什么呀？圣大卫的日子已经过啦。

弗鲁爱林：一切事情为什么会这样，而不是那样，都有一个道理和缘故在内……昨天，他（毕斯托尔）赶到我这儿来，一手拿着面包，一手抓了把盐，你说怎么着，他拿这两样东西来要我把那韭葱吃下肚去。偏那时候周围人多，吵闹起来也是不便；我就暂时不跟他计较——可是我绝不是怕他，我要公然把韭葱插在我的帽子上，不碰见他决不拿下来——到那时候，我可对他不住，要送几句话过去请他受用受用了。

……

毕斯托尔：哈！你疯了吗？你这个下贱的外国蛮子，你可是活得不耐烦了，要我做命运之神，把你的生命之线一刀切断吗？滚开些！我闻到那股韭葱的臭味儿就作呕。

弗鲁爱林：我是一片好心来劝告你……你呀，把这几

① 方平译。本书译者把其中的“韭菜”改为“韭葱”（原文 leek）。

根韭葱给我吃下去。为的是，你听着，韭葱你不爱吃；为的是，你的鼻子、你的口味、你的肠胃跟它不对劲；可我就要你给我把它吃下去。

毕斯托尔：哪怕把当初威尔士王国的山羊都送给我也办不到。①

弗鲁爱林接着回击道：

我请求你别客气吧。你居然能够取笑韭葱，那你也能够把韭葱一口吃掉。②

在第四幕第七场，弗鲁爱林与国王的对话如下：

弗鲁爱林：您那大名鼎鼎的祖父——请陛下原谅我这么说——还有您那叔祖"威尔士黑太子"爱德华，曾在这儿的法兰西土地上——我曾经从历史上读到——狠狠地打过一仗。

亨利王：确是这样，弗鲁爱林。

弗鲁爱林：陛下说得真对。要是陛下还记得起来，威尔士军队在一个长着韭葱的园圃里也立过大功，那时候大

①② 方平译。本书译者把其中的"韭菜"改为"韭葱"（原文 leek）。

家在他们的蒙穆斯式的帽子上插了韭葱；如今——陛下也知道——这韭葱成为军队里光荣的象征了；我相信在圣大卫节那天，陛下决不会不愿意戴棵韭葱在头上的。[①]

南欧蒜

**南欧蒜/韭葱**（学名 *Allium ampeloprasum*，英文名 leek）[②] 在约翰·布兰德和亨利·埃利斯（H. Ellis）合著的《大不列颠民间风俗》[③]一书里有关于圣大卫节的篇章，其中包括以下记载："根据1678年出版的《罗马的节日》第29页的记叙，英国人常在圣大卫节那天头戴韭葱来纪念他们大败撒克逊人的著名战绩。在当年作战期间，英国士兵们在主教圣大卫的规劝下，纷纷在帽子上插戴韭葱作为标识，用来分清敌友。"另有记载补充，士兵们是在

---

① 方平译。本书译者把其中的"韭菜"改为"韭葱"（原文 leek）。

② 原文的拉丁名 *Allium porrum* 为异名。

③ 该书的英文名为：*Observations on the Popular Antiquities of Great Britain: Chiefly Illustrating the Origin of Our Vulgar and Provincial Customs, Ceremonies, and Superstitions*。

卡德瓦卢国王的亲自率领下，在一片长满韭葱的田地附近展开战斗的。沃波尔（Walpole）在《英国旅行者》（*British Traveller*）一书里写道："在阿瑟王统治期间，圣大卫在一场战役里大败撒克逊人；当时，他命令每位士兵都在帽子上插一棵韭葱，以示区分，从此以后威尔士人每年3月1日都会头戴韭葱。"

在大英博物馆收藏的霍姆斯（Holmes）的手稿集中有下列关于韭葱的诗句：

在所有的花草中，我独爱韭葱，
我们第一次同时插上它，土地便归我们所有；
韭葱又白又绿，象征英国人的品质，
既坚忍顽强又卓尔不群；
除却狮子和独角兽，
韭葱便是我们的最美徽章。

在1533年出版的《索尔兹伯里祈祷书》（*Salysburye Prymer*）里包含如下奇特的诗句：

威尔士大卫王钟爱韭葱，
它能让格里雷戈愁眉苦脸；
要是爱德华跟他们一起嚼上两口，
玛丽就把他送去见阎王。

威廉·科尔斯在《亚当在伊甸园》里写道："韭葱汁常被用来治疗新伤。从前，韭葱是英格兰和其他国家的人们常吃的食物，尤其是在大斋节期间。可是在我们当今这个精致的年代，人们的嘴巴无疑也变得讲究起来，韭葱成为穷人的专利，甚至穷人也几乎不沾。然而，威尔士的绅士们却对韭葱推崇备至，他们不仅爱吃韭葱，还在圣大卫节那天把韭葱插在帽子上。"

卡克斯顿（Caxton）在1500年出版的《威尔士概况》（*Description of Wales*）里介绍了威尔士人的礼仪，其中有如下描写："他们用稀粥替代浓汤，用美味的韭葱作伴菜。""缺菜少肉，节衣缩食，盐和韭葱是她唯一的慰藉。"

从《杰出圣人的生命之花》（*Flowers of the Lives of the Most Renowned Saints*）中，我们得知圣大卫"于公元550年3月1日去世，这一日，不仅是威尔士，也是整个英格兰家家户户纪念圣大卫的日子。在这悲痛的日子里，我们最庄重的仪式便是头戴一棵绿韭葱，要是当天有谁的帽子上少了类似的装饰，那便足以成为某个狂热的威尔士人找他挑衅的话柄"（见第一卷第102页）。

许多早期的植物学家都提到韭葱的药用价值。保卢斯·艾吉勒塔[①]指出，韭葱的叶子和汁液可用作止血剂。托马斯·埃利奥特在《健康堡垒》里写道："韭葱于健康不利，使人易受噩梦的惊扰。"柯根告诉读者："韭葱属于三级干热性植物。阿诺尔德斯（Arnoldus）

---

① 保卢斯·艾吉勒塔（Paulus Aegineta，约公元620—约690），公元7世纪拜占庭时期希腊医生，因撰写医学百科全书而出名，著有《医学纲要》一书。

在《医药之花》里声称，韭葱会导致身体产生黑色的忧郁血液，并引发噩梦。”施罗德在《药品处方大全》里指出：“韭葱用于外敷可治疗引发肿胀和疼痛的痔疮。”

在《亨利五世》第五幕第二场，勃艮第公爵对亨利王和伊莎贝尔王后说：

那么但愿这也不算是出言无礼，假使当着莅会的君主与皇上，我这样问一问：为什么那可怜的和平女神，这个保佑人丁兴旺、丰衣足食和艺术的亲爱的保姆，要一丝不挂，任人宰割，为什么她不该在这世界上最美好的花园里——我们的肥沃的法兰西——抬起她可爱的脸蛋来？这儿有什么要不得的地方，还是有什么难以如愿的地方？唉，可怜她多少年来，给驱逐在法兰西境外！那儿的庄稼，眼看那样丰饶，全都成堆成堆地烂掉。最能

三叶草

鼓舞人心的紫葡萄，也没人照料，就这样死了；那树篱，向来修剪得齐齐整整，现在可就像披头散发的囚犯，只顾把枝丫乱长；在那休耕地上，只见毒麦、毒参、蔓延的药用烟堇站住了脚、扎下了根——那本该用来铲除这些恶草的锄头，却生了锈！那平坦的牧场，当初有多么美好，缀满着满脸雀斑的黄花九轮草、地榆和绿油油的三叶草，就因为缺乏管理、缺少镰刀的整顿，变得荒芜了，像一个懒婆娘怀了一胎懒孕，没什么好生养，只能拿可恶的羊蹄草、粗糙的蓟、毒参、牛蒡当儿女——她原来的风韵给破坏了；她的富饶已成陈迹。[①]

**毒麦**（学名*Lolium temulentum*，英文名darnel），英文俗名又叫annual darnel，ray grass[②]，长在田间，有高高的坚韧的麦秆，叶片粗糙，花期在七八月份。若是农夫缺乏经验，把毒麦种子跟小麦或黑麦种子混在一起种进了地里，那快速生长的毒麦就会妨碍庄稼生长。毒麦种子有致幻和麻醉效果。维吉尔和奥维德把毒麦叫作莠草，并谈到了它的危害。Ray（射线）这个英文单词是毒麦法语名称的变体。我在1553年版的多东斯著作里发现了一条他人手写于1600年的

---

① 方平译。本书译者把其中的“苦芹”改为“毒参”（原文hemlock）；把“延胡索”改为“药用烟堇”（原文fumitory）；把“牵牛花”、“金花菜”相应地改为“黄花九轮草”（原文cowslip）、“三叶草”（原文clove）；把“毒胡萝卜”改为“毒参”（原文kecksies）。

② 内尔斯（Nares）误把毒麦称作黑麦草（学名*Lolium perenne*）。——原注

注解，该注解表明加入了毒麦种子的啤酒或麦芽酒会致人迷醉。

毒麦

特纳医生表示，麦仙翁和稗子不可能是圣杰罗姆所处时期（公元四五世纪）的毒麦，以此类推，它们也不可能是狄奥斯科里迪斯和泰奥弗拉斯托斯所处时期的毒麦，《圣经》里的菰/茭白也不是毒麦。然而，所有上述文献里关于毒麦的描述都与英语里的darnel和法语里的ivra相一致，因此英语的darnel是真正的毒麦。

杰勒德指出，若是新鲜出炉的面包里含有毒麦种子，人吃下后就会陷入迷醉。同样，若是麦芽里混入了毒麦种子，酿出的啤酒或麦芽酒也会致醉。

威廉·科尔斯在1657年出版的《亚当在伊甸园》里写道：“毒麦让农夫们焦头烂额，要是面包里不小心掺杂了毒麦种子，人吃下面包后会遭受噩梦侵扰，并失去理智和判断力；要是啤酒里不小心掺入了毒麦种子，人在饮酒后马上就会感到头晕眼花，甚至酩酊大醉。

毒麦对视力和判断力都毫无益处，过去有句谚语形容一个人目光短浅、稀里糊涂，就说他吃了毒麦了。”

约翰逊（Johnson）教授在《日常生活中的化学》（*Chemistry of Commom Life*）里描述了人们食用面包里的毒麦种子后出现的各种症状。

毒麦与英国麦田里生长的麦仙翁（学名*Agrostemma githago*，英文名cockle）不同，麦仙翁的种子是无毒的。

毒参

**毒参**（学名*Conium maculatum*，英文名hemlock，common hemlock），生长在荒野和未经耕作的田地，全棵有恶臭，毒性大，茎长得较高，在秋天开花，可通过斑状的茎秆予以识别。

莎士比亚在《麦克白》第四幕第一场提到毒参是女巫放进煮釜里的成分之一：夜掘毒参根块块。[1]

① 朱生豪译。本书译者把其中的“毒芹”改为“毒参”（原文hemlock）。

**药用烟堇**（学名*Fumaria officinalis*，英文名fumitory），多生长在麦田里，莎士比亚为它起名野草（rank），十分精确。（参见本书第二十三章《李尔王》）

关于长雀斑的黄花九轮草[1]，详见本书第八章《仲夏夜之梦》。

药用烟堇

地榆

**地榆**（学名*Sanguisorba officinalis*，英文名burnet，common burnet，lesser or upland burnet），多生长在英国高山草甸和南部石灰岩牧地，是英国特有的本土物种，花期在七八月份。过去人们种植地榆和三叶草，给牛提供饲料；现在，地榆多见于一些废弃的旧

---

① 朱生豪将其译作牵牛花。

钝叶酸模

牧场上。

**钝叶酸模/大羊蹄和丝路蓟** 这两种草多见于未经耕作的农田和牧场，它们的存在常意味着田地疏于管理。钝叶酸模/大羊蹄（学名*Rumex obtusifolius*，英文名broad-leaved dock），是最常见的酸模属植物；丝路蓟（学名*Cirsium arvense*，英文名common thistle）①，是最常见的一种蓟草。它们是名副其实的“可恶的羊蹄草和粗糙的蓟”，因为大羊蹄的根扎进土地深处，结出的种子数量众多，能大量地传播繁殖。丝路蓟同样多籽，风把种子播撒得遍地都是，是农田的一大害。

丝路蓟

**Kecksies** 毒参以及其他伞状花序植物的杆茎干枯后被称作

① 原文的拉丁名 *Carduus arvensis* 为异名。

kecksies。杰勒德和布里恩把毒参的茎叫作kex。有句谚语说："轻得跟毒参一样。"

关于牛蒡，详见本书第四章《一报还一报》。

# 第十八章 《亨利六世下篇》[①]

这部剧作提到了锐刺山楂。

在《亨利六世下篇》第二幕第五场，战场的另一处：

亨利王：这一仗打得好像破晓时分白天和黑夜交战一样，快要消散的乌云还在抗拒着逐渐展开的曙色；这时分，牧羊人吹暖自己的指头，说不出究竟是白天还是黑夜。这一仗好似大海一般，时而涌向这边，时而涌向那边；一会儿潮势胜过风势，海水涌了上来，一会儿风势压倒潮势，海水又退了下去。时而是潮水占了优势，时而是风力当了主人。这交战双方，也是时而此方得利，时而彼方领先，

① 这部剧作首次出版于1623年，第一对开本。——原注

彼此面对面，胸碰胸，逞胜争强，可谁也不能把谁击败。这场恶斗就形成两不相下的僵局。我在这土冈之上，暂且坐下来歇一会儿。上帝叫谁得胜，就让谁得胜吧！我的御妻玛格莱特和克列福将军都逼着我离开阵地，他们说只要我不在场，他们就有好运。我真宁愿死掉，如果这是符合上帝旨意的话。活在世上除了受苦受难，还有什么别的好处？上帝呵！我宁愿当一个庄稼汉，反倒可以过着幸福的生活。就像我现在这样，坐在山坡上，雕制一个精致的日晷，看着时光一分一秒地消逝。分秒积累为时，时积累为日，日积月累，年复一年，一个人就过了一辈子。若是知道一个人的寿命有多长，就该把一生的岁月好好安排一下；多少时间用于畜牧，多少时间用于休息，多少时间用于沉思，多少时间用于嬉乐。还可以计算一下，母羊怀胎有多少日子，再过多少星期生下小羊，再过几年可以剪下羊毛。这样，一分、一时、一日、一月、一年地安安静静度过去，一直活到白发苍苍，然后悄悄地钻进坟墓。呀，这样的生活是多么令人神往呵！多么甜蜜！多么美妙！牧羊人坐在锐刺山楂树荫下，心旷神怡地看守着驯良的羊群，不比坐在绣花伞盖之下终日害怕人民起来造反的国王，更舒服得多吗？哦，真的，的确是舒服得多，要舒服一千倍。总而言之，我宁愿做个牧羊人，吃着家常的乳酪，喝着葫芦里的淡酒，睡在树荫底下，清清闲闲，无忧无虑，也不愿当那国王，他虽然吃的是山珍海味，喝的是玉液琼浆，盖的是锦衾绣被，可是担惊受怕，片刻不得安宁。[1]

**锐刺山楂**（学名*Crataegus oxyacantha*，英文名hawthorn），英文俗名又叫whitehorn，May，生长在树篱、公地和公园等处。山楂树确实跟莎士比亚描写的一样，枝叶茂密，树影婆娑。牧羊人最爱山楂树，他们在天气酷热时到树下乘凉，在暴雨降临时到树下避雨。弥尔顿在《欢乐颂》（*L'Allegro*）一诗中写道：

锐刺山楂

溪谷下面的每一牧羊人，

在山楂树下正查点羊群。[2]

在《温莎的风流娘儿们》第三幕第三场，福斯塔夫对福

① 章益译。本书译者把其中的“山楂树”改为“锐刺山楂树荫”（原文 Gives not the Hawthorn bush a sweeter shade）。

② 朱维之译。

德大娘说：

我不会像那些油头粉面、一身骚气的轻薄少年一样，说你是这样、那样，把你捧上天去。[①]

① 朱生豪译。其中“少年”一词是由原文“山楂嫩芽”（hawthorn buds）引申而来。

# 第十九章
# 《安东尼与克莉奥佩特拉》[①]

这部剧作提到了洋葱和欧茄参/曼德拉草。

《安东尼与克莉奥佩特拉》第一幕第二场：

安东尼：富尔维娅死了。

爱诺巴勃斯：主帅？

安东尼：富尔维娅死了。

爱诺巴勃斯：富尔维娅！

安东尼：死了。

爱诺巴勃斯：啊，主帅，快向天神举行一次感谢的献

① 这部剧作首次出版于1623年，第一对开本。——原注

祭吧。旧衣服破了，裁缝会替人重做新的；一个妻子死了，天神也早给他另外注定一段姻缘。要是世上除了富尔维娅以外，再没有别的女人，那么您确是遭到了重大的打击，听见了这样的噩耗，也的确应该痛哭流涕；可是在这一段不幸之上，却有莫大的安慰；旧裙换了新裙，旧人换了新人；要是为了表示对于死者的恩情，必须洒几滴眼泪的话，尽可以借重洋葱的力量的。[①]

在《安东尼与克莉奥佩特拉》第四幕第二场，爱诺巴勃斯对安东尼说：

主上，您何必向他们说这种伤心的话呢？瞧，他们都哭啦；我这蠢才也是洋葱眼，算了吧，不要叫我们全都变成娘儿们吧。[②]

莎士比亚在《终成眷属》第五幕第三场也提到了洋葱：

海丽娜：要是我不能把这回事情解释明白，要是我的话与事实不符，我们可以从此劳燕分飞，人天永别！啊，

---

① 朱生豪译。

② 朱生豪译。本书译者把其中的“我这蠢才的眼睛里也是热辣辣的”改为“我这蠢才也是洋葱眼”（原文 And I an ass，am onion-eyed）。

我的亲爱的妈，想不到今生还能够看见您！

拉佛：我的眼睛让洋葱给熏着了，真的要哭起来了。（向帕洛）朋友，借块手帕儿给我，谢谢你。①

在《驯悍记》序幕的第一场，贵族跟伶人们说：

要是这孩子没有女人家随时淌眼泪的本领，只要用一棵洋葱包在手帕里，擦擦眼皮，眼泪就会来了。②

**洋葱**（学名*Allium cepa*，英文名onion），是人们非常熟悉的植物，在上述选段中莎士比亚借洋葱来比喻表面的悲伤和不自然的眼泪，原因在于人眼在受到洋葱味道的刺激后会流出泪水。

在《安东尼与克莉奥佩特拉》第一幕第五场，在亚历山大里亚宫中一室：

克莉奥佩特拉：唉唉！给我喝一些曼德拉草汁。

查米恩：为什么，娘娘？

克莉奥佩特拉：我的安东尼去了，让我把这一段长长

---

① 朱生豪译。本书译者把其中的“我的眼睛里酸溜溜的”改为“我的眼睛让洋葱给熏着了”（原文 Mine eyes smell onions）。

② 朱生豪译。本书译者把其中的“胡葱”改为“洋葱”（原文 onion）。

的时间昏睡过去吧。[①]

**欧茄参/曼德拉草**（学名*Atropa mandragora*，英文名mandragora），是西班牙、意大利和欧洲其他温暖地带的本土物种，常生长在潮湿的树林中，7月份开花。特纳医生说他经常在英格兰和德国见到曼德拉草，不过英格兰的曼德拉草比德国更为常见。他又说："有一个名叫科伦的老糊涂了的医生，在演讲时跟听众们说曼德拉草是在绞刑台的下面长出来的，而事实却并非如此。曼德拉草全株都可入药，能治疗身体许多方面的不适。用曼德拉草根酿造的酒可以给不得不经历刀伤、烫伤或烧伤的人服下，他们会进入大脑迟钝的状态，整个人感到昏昏欲睡，从而不再感到疼痛。要是吃一口或者闻一下曼德拉草的蒴果，也会被催眠。"

欧茄参

① 朱生豪译。本书译者把其中的"曼陀罗汁"改为"曼德拉草汁"（原文mandragora）。

在1566年出版的阿德林顿[①]翻译的阿普列尤斯[②]的作品里，包含以下描写："我没给他毒药，我给他的是曼德拉草汁，这种草汁效力强大，谁喝下它都会睡得跟死去一样。"

从上述记载以及其他早期作者的作品里，我们了解到英国过去曾用曼德拉草作麻醉剂。

莎士比亚提道，曼德拉草跟罂粟和其他具有鸦片性质的浆汁拥有相同效果。（见《奥瑟罗》）[③]

在《罗密欧与朱丽叶》第四幕第三场，朱丽叶在以下诗句里提到了曼德拉草：

> 唉！唉！要是我太早醒来，这些恶臭的气味，这些就像曼德拉草被连根拔起时发出的凄厉的叫声，听了会使人发疯的。[④]

---

① 威廉·阿德林顿（William Adlington，生卒年月不详），活跃在1566年左右，是伊丽莎白时期重要的翻译家之一，尤因翻译阿普列尤斯的作品《变形记》而知名。

② 阿普列尤斯（Lucius Apuleius Madaurensis，约公元124—约170），古罗马时期拉丁语散文作家，最著名的作品为《变形记》（*Metamorphoses*），英语书名为《金驴记》（*The Golden Ass*），是迄今为止唯一一部完整保留下来的拉丁语小说。

③ 艾萨克·沃尔顿（Issak Walton）在《垂钓全书》（*The Compleat Angler*）第二十一章表达了同样观点。在垂钓者们互道再见时，费纳托尔（Venator）说："希望咱们下次还能相约一起享受垂钓的乐趣。真希望有一种催眠药水让我把相见前的这段时间睡过去，否则我就只能像个悲伤之人无聊地打发时光了；不过话又说回来，我会用满心的期待和盼望让时间尽量变短的。"——原注

④ 朱生豪译。本书译者增加了英文剧作里关于曼德拉草的描述，把"这些使人听了会发疯的凄厉的叫声"改为上文画波浪线部分（原文 And shrieks like mandrakes torn out of the earth / That living mortals，hearing them，run mad）。

在《亨利六世中篇》第三幕第二场，萨福克对玛格莱特王后说：

> 这两个遭瘟的！我为什么要咒骂他们？如果咒骂能像曼德拉草发出的呻吟一样把人吓死……[1]

上述关于曼德拉草发出呻吟和凄厉叫声的描写都来自传说。古人把曼德拉草想象成如动物一般拥有生命的东西，当把它从地里拔起时，它会发出凄厉的毛骨悚然的叫喊声，拔草人听见这种声音会当场毙命。因此，人们在拔曼德拉草时习惯拿一根绳子，把绳子的一头系在一条狗的尾巴上，另一头系在草上，这样一来，致命的尖叫声便会释放到狗的身上。

牛顿在《圣经中的植物》里谈到曼德拉草，他说："它气味香浓，催人入眠，有些放荡的流氓和无耻的骗子竟然大放厥词说曼德拉草有生命，说什么一些犯谋杀重罪的歹徒们被执行死刑后，从他们被埋尸体的下面长出了曼德拉草。"

莎士比亚在《亨利四世》第一幕第二场也提到了曼德拉草。

关于曼德拉草，巴托洛梅乌斯写道："由于曼德拉草的根部长得像人体的形状，诗人们把它叫作'人形草'；人吃多了曼德拉草会嗜睡，所以使用曼德拉草时一定要谨慎。挖掘曼德拉草时，要避免逆风；动土前先要用剑围着草划三圈，挖出来的土要朝着太阳落下的

---

① 章益译。本书译者把其中的"曼陀罗草"改为"曼德拉草"（原文 mandrake）。

方向堆放，这样挖出来的曼德拉草才不会丧失其主要效用。”

本·琼生的作品《女王假面剧》（*Masque of Queens*）在1609年2月于英国白厅上演，其中有一段女巫的唱词，里面包含关于曼德拉草发出呻吟的描写：

> 第三个女巫：昨晚我独自入眠，在地上，我听到曼德拉草的呻吟；就算他生得低矮，我仍将他连根拔起；等他气数已尽，公鸡开始啼鸣。[①]

由于上述特点，曼德拉草常跟冥界的忘川关联在一起。海伍德在1610年出版的*Mulcasses the Turk*中提到了这一联系：

> 死亡之相，夜神之女，忘川的姐妹，皆催人入眠；
>
> 你在千万个睡梦里，头顶曼德拉草花环，坐上女王的宝座。

---

① 我认为《麦克白》剧作中提到的蔓草可能就是曼德拉草。引文如下：“那你除非比舒散在忘河之滨的蔓草还要冥顽不灵。”——原注。经查证，作者声明的该出处有误，上面的引文出自《哈姆莱特》第一幕第五场。——译者注

# 第二十章 《雅典的泰门》①

这部剧作提到了橡果和蔷薇果。

在《雅典的泰门》第四幕第三场，泰门指责窃贼们，窃贼们回答：“我们不是偷儿，不过是些什么都没有的穷光蛋。”泰门说：

> 你们没有东西吃吗？为什么没有？瞧，地下生着各种草木的根；在这一里以内，长着多少的山蔬野草；橡树上长着橡果，野蔷薇也长着一粒粒红色的果实；那慷慨的主妇，大自然，在每一棵植物上替你们安排好美食，你们还嫌没有东西吃吗？②

---

① 这部剧作首次出版于1623年，第一对开本。——原注

② 朱生豪译。

**橡果**（英文名oak mast），即橡子，橡树的果实，在莎士比亚时期称作mast，水青冈（英文名beech）的果实也称作beech mast。

在英格兰的撒克逊时代，橡果是主要的猪饲料，在人们的生活中有相当重要的地位。在11世纪中期，忏悔者爱德华的捐赠单里还专门提到了橡果。据《末日审判书》[①]记载，人们当时常根据橡果的产量或林猪的数量来判断一座树林的价值；橡果减产往往是饥荒的起因。《撒克逊编年史》（*Saxon Chronicle*）的作者在记载1116年大灾荒的情况时，特别指出那一年橡果数量稀缺，达到了英格兰和威尔士历史上前所未有的程度。据斯特拉博[②]记载，西班牙山区的居民把橡果磨成粉食用，普林尼则记录了在他生活的年代西班牙人拿橡果做饭后甜点的事实。

欧洲水青冈

① 《末日审判书》（*Doomsday Book*），又称《温彻斯特书》（*Book of Winchester*）或《土地赋税调查书》（*The Great Survey*），是英格兰人口土地清册。1086年英王威廉一世下令编造土地清册，目的在于了解王田及国王封臣的地产情况，以便收取租税，加强财政管理。传说铁面无私，犹如末日审判，故得此名。

② 斯特拉博（Strabo，约公元前64或63—约前24），古希腊地理学家、哲学家、历史学家。

托马斯·牛顿在《圣经中的植物》里谈到橡树和其他生产坚果的树种时说道："人们非常熟悉水青冈、榆树、白蜡树和其他结坚果的树木，这些树木在过去（农耕和小麦种植出现之前）为人们提供了丰富的食物和营养，后来英国产生了一句谚语：在有小麦时吃橡果，纯属犯傻。"

威廉·科尔斯在《亚当在伊甸园》里提到橡树，他写道："从前人们把橡果当作食物，到我们这个年代已经不再需要靠橡果充饥了，我就把橡果留给野猪食用吧。"

医学教授韦斯特马科特在1695年出版的《圣经植物志》里写道："人类（不仅人类，还有朱庇特神）向来都以橡果为食，然而，当他们丰富敏锐的味蕾变得迟钝时，他们就不再吃橡果了。当古罗马人餐桌上的第二道菜还是橡果时，人们拥有如橡树一样的内心，也就是说，那时的人们过着自然朴素的生活，饮食简单素净，身体也因此健壮结实。"

托马斯·诺斯[①]在他翻译的普鲁塔克的《希腊罗马名人传》中指出，根据阿波罗的神谕，古代的阿卡迪亚人被称作"吃橡果的人"，人们还认为橡果是所有树木果实里最有益于健康的。此外，人类早先时候确实把橡果做成面包食用，把树枝拿来饲养牲畜。

---

① 托马斯·诺斯（Thomas North，1535—1604），英国翻译家，因翻译古希腊文学家、哲学家、历史学家普鲁塔克（Plutarch）的《希腊罗马名人传》（英译名为 *The Lives of the Noble Grecians and Romans*）而著名。莎士比亚有多部戏剧取材于该传记。

**蔷薇果**（英文名scarlet hips），是常见犬蔷薇或野蔷薇的果实。野蔷薇在六七月份开花，花朵呈浅粉色，有怡人的香气。蔷薇果俗称hips或heps，人们经常把它加糖制成美味的蜜饯。

# 第二十一章 《科利奥兰纳斯》[1]

该剧作提到的植物有毒麦[2]和黑桑。

在《科利奥兰纳斯》第三幕第一场，科利奥兰纳斯向众元老陈述：

我一定要说。我的高贵的朋友们，请你们原谅。这种反复无常、腥臊恶臭的群众，我不愿恭维他们，让他们认清楚自己的面目吧。我要再说一遍，我们因为屈尊纡贵，与他们降身相伍，已经亲手播下了叛乱、放肆和骚扰的毒麦，要是再对他们姑息纵容，那么这种莠草更将滋蔓横行，危害我们元老院的权力；我们不是没有道德，更不是没有

---

① 这部剧作首次出版于1623年，第一对开本。——原注

② 作者认为莎士比亚作品中被称作cockle的植物实际是指毒麦（darnel）。

力量，可是我们的力量已经送给一群乞丐了。[1]

现代植物学家所谓的cockle是指麦仙翁，一种长得较高的形态优美的杂草，大多长在麦田，开紫色花朵，种子呈黑色。奈特先生在他编纂的莎士比亚作品集中对上述选段做了如下注解：“cockle，麦田间的杂草。”斯蒂文斯对cockle的注解是：“cockle是跟小麦混长在一起的杂草。”目前我们很难了解以上作者笔下的cockle究竟是哪种植物，不过莎士比亚笔下的cockle实际指毒麦（*Lolium temulentum*），毒麦在他所在的年代被叫作darnel，cockle或cockleweed。（参见《亨利五世》序幕）

麦仙翁

托马斯·诺斯在他所翻译的普鲁塔克《希腊罗马名人传》中的“科利奥兰纳斯传记”部分谈到了莎士比亚在上述剧中描写的史实，即他们在人们中间播下了叛乱、放肆和骚扰的毒麦。

根据牛顿在《圣经中的植物》里的描写，我们知道：

① 朱生豪译。本书译者把其中的“祸根”改为“毒麦”（原文cockle）。

“darnel，又叫cockle，是一切谷物的天敌，对小麦的危害最大，若要让小麦正常生长，必须将其铲除。它也长在其他谷类植物当中，叶片窄小，植株顶端侧生出许多裹着籽粒的麦穗，如果这些种子混入谷粒当中烤成面包，人吃下后会出现头痛、视力模糊等症状。”

在西尔维斯特翻译的迪巴尔塔斯的《神圣的日子》（第258页）里有下列句子，表明cockle和darnel不是同一植物：

> 这些蓟、darnel、cockle、野燕麦、芒刺和妨碍小麦成长的稗子，
> 驱走了我们的麦种，使我们的希望落空，
> 把它们拿来当柴火燃烧，
> 暂且补偿我们在田间付出的辛苦劳作。

莎士比亚在《爱的徒劳》第四幕第三场也提到毒麦对谷物有害，俾隆回答国王说：

> 去！去！种下毒麦，哪能收起小麦？[①]

只要我们清楚毒麦种子有致醉效果，而麦仙翁却是无害的，我们就可以确定，莎士比亚此处指的是毒麦。

---

① 朱生豪译。本书译者把其中的“莠草”改为“毒麦”（原文cockle），把“佳禾”改为“小麦”（原文corn）。

在《科利奥兰纳斯》第三幕第二场，在科利奥兰纳斯家中一室，伏伦妮娅在跟米尼涅斯的对话中提到了桑葚：

> 我的孩子，请你现在就去见他们，把这帽子拿在手里，你的膝盖吻着地上的砖石，摇摆着你的头，克制你的坚强的心，让它变得像不经触碰的烂熟的桑葚一样谦卑；在这种事情上，行为往往胜于雄辩，愚人的眼睛是比他们的耳朵聪明得多的。[①]

**黑桑**（学名*Morus nigra*，英文名mulberry），原生于波斯，一种偶尔也会长得较高的树木，常被作为果树种植。英格兰大概在1520年左右开始引进并种植黑桑，黑桑的树龄很长。据杰勒德观察，在英格兰各式各样的花园里都能见到黑桑。根据海顿（Haydn）在《日期字典》（*Dictionary of Dates*）里的记载，英格兰的首批黑桑被种植在赛恩庄园；莎士比亚曾亲手在斯特拉特福的住宅种下一株，盖瑞克（Garrick）、麦克林（Macklin）以及剧院其他人员曾于1742年在这棵树下接受款待。后来一位名叫加斯特尔（Gastrell）的牧师买下了莎士比亚的房屋，砍掉了这棵树。查尔斯·奈特在《莎士比亚传记》（*Biography of Shakespeare*）的注解中指出："这株桑树在1756

---

① 朱生豪译。本书译者把其中的"摇摇欲坠"改为"不经触碰"（原文 not hold the handling），把其中的"桑子"改为"桑葚"（原文 mulberry）。

年被砍，枝干被作为木柴卖掉。斯特拉特福有一位名叫托马斯·夏普（Thomas Sharp）的钟表匠，他把树干买回家，出于对莎士比亚虔诚的怀念和尊敬，用木头做成许多有趣的玩具和实用品。”

黑桑

莎士比亚观察细致，运用桑葚“烂熟的”样子来比喻一个人的谦卑；“不经触碰”一词真实地反映了桑葚熟透的样子，此时桑葚的表皮非常薄，几乎轻弹可破。黑桑在霜冻彻底消融之前是不会发芽抽叶的，因而又被叫作“智慧之树”。据格威利姆（Gwillim）所述，黑桑在纹章学中被视作智慧的象征，可开口讲话，并随时机而动。

# 第二十二章 《辛白林》①

这部剧作提到的植物有西洋接骨木、欧报春、蓝铃花/英国蓝铃花和南茼蒿。

在《辛白林》第四幕第二场，培拉律斯、吉德律斯、阿维拉古斯及伊摩琴自洞中上。

> 阿维拉古斯：他用非常高雅的姿态，把一声叹息配合着一个微笑：那叹息似乎在表示自恨它不能成为这样一个微笑，那微笑却在讥讽那叹息，怪它从这样神圣的殿堂里飞了出来，去同那水手们所詈骂的风儿混杂在一起。
>
> 吉德律斯：我注意到悲哀和忍耐在他的心头长着根，

① 这部剧作首次出版于1623年，第一对开本。——原注

彼此互相纠结。

阿维拉古斯：长大起来，忍耐！让那恶臭的西洋接骨木的悲哀在你那繁盛的藤蔓之下解开它的枯萎的败根吧！①

西洋接骨木

**西洋接骨木**（学名*Sambucus nigra*，英文名elder），又叫black elder，elder-berry tree，或stinking elder②。在英格兰大部分地区都能见到西洋接骨木。根据巴托洛梅乌斯的描写，“西洋接骨木的叶子味重，花呈纯白色，有臭味；它的果实亮黑色，味道恶臭”。

莱茨在多东斯著作的译文中介绍了西洋接骨木的特点，在谈到其气味时他写道：“它本性恶毒，能让人翻肠倒胃、剧烈呕吐，且全身虚弱无力，伤肝耗气。”

伊夫林在《森林志》中也介绍了西洋接骨木，他评论道：“它那臭气熏天的味道真令人无法恭维。尽管我认为芬芳扑鼻的未必有利于健康，令人掩鼻的也未必有害于身体，但是说到西洋接骨木，无

① 朱生豪译。本书译者把其中的“老朽的”改为“恶臭的西洋接骨木的”（原文stinking elder）。

② 西洋接骨木还有一个中文名：马尿骚，跟stinking elder意思相似。

论是它的样子还是气味，都令我无法接受，我绝不会把它种植在房屋附近。我们从布雷希思（Bresius）那里得知，西班牙有一座房屋坐落在许多西洋接骨木中间，那里的居民几乎全部患病身亡，当把西洋接骨木全部拔掉后，那里又成为宜居之所。”

斯宾塞在《牧人月历》（十一月牧歌）里哀悼一位名叫狄多的少女，诗句如下：

缪斯女神曾头戴月桂树绿叶的花冠，
如今却携来凄惨的西洋接骨木的枯干，
连命运三姐妹也连声悲叹，
她的生命线终了的这么快。
唉！沉重的诗行！[①]

在《爱的徒劳》第五幕第二场，俾隆对霍罗福尼斯说，犹大吊死在西洋接骨木上。

约翰·曼德维尔在1364年出版的《曼德维尔漫游记》[②]里也提到了这一事实：“从银色的湖水往前走，看到一个石像，人们说它是押沙龙[③]的眼睛。犹大因为出卖和背叛基督而在绝望中上吊死亡，再往

① 该段诗句为胡家峦译，本书译者在其基础上稍作修改。

② 《曼德维尔漫游记》（*The Travels of Sir John Mandeville*）是欧洲中世纪一部极富想象力的散文体虚构游记，曾被15世纪的航海家哥伦布引为环球旅行的证据。该书出版年份不详，据相关学者推论，可能出版于1357年。

③ 押沙龙是《圣经》里的人物，大卫王的宠儿，反叛其父，战败后被杀。

前走便是犹大当年上吊的西洋接骨木。”这段文字旁边配有一幅精致的木雕图，图中画着吊死在树上的犹大和正向他扑来的阴森恐怖的绝望幽灵。

诗人在《农夫皮尔斯》[①]的第一个梦境中也提到了上述事实：

> 那是魔鬼城堡，谁走进那儿都会诅咒自己出生的那一刻！那里住着一个怪物，叫作邪恶，他生育了虚伪，并建造了地狱。就是他引诱亚当夏娃犯下罪孽，并唆使该隐谋杀了自己兄弟；他用犹太人的银子收买犹大，后又将他吊死在西洋接骨木上。[②]

部分评论家为莎剧所做的注解表明，他们对西洋接骨木缺乏了解，并因此对莎士比亚的意图产生了误解，上述关于西洋接骨木邪恶本性的描述，有助于我们更好地理解莎士比亚笔下“恶臭的西洋接骨木的悲哀”的比喻。参见琼生、斯蒂文斯和奈特编纂的莎士比亚作品集。

在《辛白林》第四幕第二场，阿维拉古斯看到昏睡的伊摩琴，以为她已经死去，说道：

---

① 《农夫皮尔斯》（*Piers Plowman*）是英格兰诗人威廉·兰格伦（William Langland，约1332—约1386）的诗作，是中世纪最伟大和最有影响的诗歌之一。

② 沈宏译。

当夏天尚未消逝、我还没有远去的时候，斐苔尔，我要用最美丽的鲜花装饰你的凄凉的坟墓；你不会缺少像你面庞一样惨白的欧报春，也不会缺少像你血管一样蔚蓝的蓝铃花，不，你也不会缺少香叶蔷薇的花瓣——不是对它侮蔑，它的香气还不及你的呼吸芬芳呢；红胸的知更鸟将会衔着这些花朵送到你的墓前，羞死那些承继了巨大的遗产、忘记为他们的先人树立墓碑的不孝的子孙；是的，当百花凋谢的时候，我还要用茸茸的苍苔，掩覆你的寒冷的尸体。[①]

关于欧报春，详见本书第十二章《冬天的故事》。

莎士比亚把斐苔尔的面色比作欧报春，这个比喻既尊重事实又恰如其分；我们知道，斐苔尔此刻并未死去，不可能呈现如死灰般的面色，欧报春的比喻是最恰当不过的。

蓝铃花

**蓝铃花/英国蓝铃花**（学名*Hyacinthoides*

① 朱生豪译。本书译者把其中的“樱草花”改为“欧报春”（原文 pale primrose），把“风信子”改为“蓝铃花”（原文 harebell），把“野蔷薇”改为“香叶蔷薇”（原文 eglantine）。

*non-scripta*，英文名 harebell）[①]，花期与欧报春相同，是英国特有的在五六月份开花的本土物种。[②]杰勒德把它叫作"蓝色的蓝铃花"，或"英格兰风信子"。蓝铃花的确又叫 azured（蔚蓝色的），莎士比亚把斐苔尔的血脉比作蔚蓝的蓝铃花，非常形象。英国有大量蔚蓝色的蓝铃花生长，除此以外，还有两个不太常见的品种：玫瑰红色的蓝铃花和白色的蓝铃花[③]。莎士比亚在此处选择了最合适的品种来打比方。

在布朗的《不列颠田园诗》的第二卷第三首诗歌中包含如下诗句：

> 蔚蓝无瑕的蓝铃花，只配忠贞无二的人儿佩戴。

德雷顿在《多福之国》中把蓝铃花叫作 azured（蔚蓝色的），说

---

① 原文的拉丁名拼写有误，译文中已更正。

② 1865 年英国《植物学刊》上发表的书评指出，欧报春极少等到五六月份才开花，本书作者此处的描述有误。

③ 沃尔顿在《垂钓全书》第一章所引用的约翰·杜佛斯（John Davors）创作的诗句中，提到了玫瑰红色的蓝铃花。诗句如下：

> 雏菊和蓝色的堇菜间，
> 点缀着玫瑰红色的蓝铃花和黄水仙，
> 紫色的水仙，如同晨曦，
> 还有灰白的蕨麻和蔚蓝的欧楼斗菜。

欧楼斗菜（学名 *Aquilegia vulgaris*），沃尔顿常把它和黄花九轮草相关联。
蕨麻（学名 *Potentilla anserine*），又叫鹅绒委陵菜。——以上为原注

它是跟欧报春同时盛开的报春花。

香叶蔷薇，参见《仲夏夜之梦》。香叶蔷薇芳香扑鼻，人尽皆知，用它的芬芳来比喻美丽的斐苔尔的呼吸，实在是美妙至极。

德雷顿创作的一首诗歌中包括罗兰赞美贝塔的如下诗句：

> 拿漂亮的蓝铃花为她做一顶花冠，
> 再用芬芳无比的香叶蔷薇把花冠环绕。

莎士比亚在《辛白林》第四幕第二场提到用鲜花装点坟墓的风俗：

> 吉德律斯：我们已经完毕我们的葬礼。来，把他放下去。
>
> 培拉律斯：这儿略有几朵花，可是在午夜的时候，将有更多的花儿开放。沾濡着晚间凉露的草花，是最适宜于撒在坟墓上的；在它们的泪颜之间，你们就像两朵凋零的花卉，暗示着它们同样的命运。来，我们走吧；让我们向他们长跪辞别。大地产生了他们，现在他们已经重新投入大地的怀抱；他们的快乐和痛苦都已成为过去了。[①]

① 朱生豪译。

在《泰尔亲王配力克里斯》第四幕第一场，玛丽娜携花篮上台，给泰莎的墓上撒花：

不，我要从大地女神的身上偷取诸色的花卉，点缀你的青绿的新坟；当夏天尚未消逝以前，我要用黄的花、蓝的花、紫色的堇菜、金色的南茼蒿，像一张锦毯一样铺在你的坟上。唉！我这苦命的人儿，在暴风雨之中来到这世上，一出世就死去了我的母亲；这世界对于我就像一个永远起着风浪的怒海一样，把我的亲人一个个从我的面前卷去。[①]

其他与莎士比亚同时代的诗人也提到了这一风俗。斯宾塞在1579年的《牧人月历》中写道：

鲜艳的花环装饰坟墓，凋零的花儿缀满尸骨。[②]

赫里克也曾作有如下诗句：

我们围着你祥和而安静的坟墓，
一圈圈地兜转，

① 朱生豪译。本书译者把其中的“紫罗兰”改为“堇菜”（原文 violets），把“万寿菊”改为“南茼蒿”（原文 marigolds）。

② 该段诗文为胡家峦译，选自《斯宾塞诗选》，漓江出版社 1997 年版，第 42 页。

吟唱着永别的挽歌，
抛撒水仙和各种花儿，
在你的碑石，我们爱的圣坛。

博蒙特与弗莱彻的剧作《爱人的进步》（*Lover's Progress*）第四幕第一场有如下描写：

我将跪在他的身旁，在他神圣的墓碑前竭我所能，采集春天所有的骄傲饰以装点；香忍冬长在他尊贵的墓地，待它们繁茂旺盛，枝丫相拥，那是我们友情的见证；待它们枯萎零落，那将是我的去日！

珀西[①]编撰的《英诗辑古》中有一首《新娘的葬礼》（*Bride's Burial*），诗句如下：

去敲响我的丧钟，来替代悦耳的乐声；把我房间芳香的花朵，洒落在她的坟墓；把鲜美的百合花环，放在棺木上，表诉她的贞洁。

《英诗辑古》里还有一首农夫的《悲伤的丧钟》，诗句如下：

---

① 托马斯·珀西（Thomas Percy，1729—1811），英国诗人、教士，因编纂英国民谣集《英诗辑古》（*Reliques of Ancient English Poetry*，1765）而著名。

用巧夺天工的手艺，编织一个花环；五颜六色的花朵，代表我的心意；我要拿最为稀罕的花朵，装扮她的坟墓；我的眼泪化作甘霖，润泽花朵永远鲜艳。

在《辛白林》第二幕第三场那首人们熟悉的美丽歌谣中，莎士比亚提到了南茼蒿：

听！听！云雀在天门歌唱，
　旭日早在空中高挂，
天池的流水琮琤作响，
　日神在饮他的骏马；
瞧那南茼蒿倦眼慵抬，
　睁开它金色的瞳睛：
美丽的万物都已醒来，
　醒醒吧，亲爱的美人！
　　醒醒，醒醒！[①]

南茼蒿，详见本书第十二章。本书前面章节已提到南茼蒿日出开放的习性，任何一位见过南茼蒿的读者都能心领神会“金色的瞳睛”这一比喻的妙处。

---

① 朱生豪译。本书译者把其中的“万寿菊”改为“南茼蒿”（原文 marigold）。

戴维森（Davison）编纂的《诗意狂想曲》（*Poetical Rhapsody*）收录了查尔斯·贝斯特（Charles Best）创作的《献给太阳的十四行诗》（A Sonnet of the Sun），诗句如下：

太阳的出现令南茼蒿绽放，
太阳的离去令南茼蒿下垂；
金色的南茼蒿令我欢喜，
她若离去，我便欢喜不再。
太阳令南茼蒿或生或死。
太阳因南茼蒿更加明亮，我亦如此。
她的微笑让太阳欢欣，天空明媚，
我心振奋，晴空万里。
她皱下眉头，便天空暗淡，太阳西沉，
南茼蒿闭合，我心空寂。
太阳、花朵、天空和我，
因她在明暗、开合、生死间变换。
你便是太阳，你便是南茼蒿，
比太阳更加明亮，比金子更加宝贵：
我是随你而变化的花朵；
你的微笑使我绽放，你的低落让我沮丧。
啊！让这颗黄金、太阳、花朵之心，
依然在你的心间存活、闪耀、雀跃吧！

# 第二十三章 《李尔王》[①]

这部剧作提到的植物有药用烟堇、田野白芥/新疆白芥、毒参、荨麻、布谷鸟剪秋罗、毒麦和海崖芹/海茴香。

《李尔王》第四幕第四场，在多佛营地帐篷，爱德伽以疯傻汤姆的身份上，考狄利娅说道：

> 唉！正是他。刚才还有人看见他，疯狂得像被飓风激动的怒海，高声歌唱，头上插满了恶臭的地沟野草药用烟堇、田野白芥、毒参、荨麻、布谷鸟剪秋罗、毒麦和各种

① 这部剧作首次出版于1608年，四开本。——原注

蔓生在田亩间的野草。[1]

关于药用烟堇、毒参和毒麦，详见本书第十七章《亨利五世》。希伯来先知何西阿书在第十章第四诗节提到过毒参，说它是田间地沟冒出来的野草。莎士比亚把药用烟堇归为地沟杂草是准确无误的，这是农民们熟悉的常识。

Harlocks，我认为这里指的是田野白芥/新疆白芥（学名 *Sinapis arvensis*，英文名 charlock），harlock 是 charlock 的古称。[2] 田野白芥是一种田间常见的杂草，开黄色小花。

布谷鸟剪秋罗（学名 *Lychnis flos-cuculi*，英文名 cuckoo flowers），又叫知更草（ragged robin），是一种常见的草甸沼泽植物，开玫瑰色的花朵，花瓣细窄，因每年在布谷鸟飞来的时节盛开而得名。

田野白芥

① 朱生豪译。本书译者把其中的“地烟草、牛蒡、毒芹、荨麻、杜鹃花”改为“药用烟堇（原文 fumiter）、田野白芥（原文 harlocks）、毒参（原文 hemlock）、荨麻、布谷鸟剪秋罗（原文 cuckoo-flowers）”，并还原了原文的“毒麦”（darnel）。

② 这种植物在莎士比亚剧作中拼作 harlock，本书作者认为这是田野白芥（charlock）这一植物的古称。译者确实未找到名为 harlock 的植物。但是 1865 年英国《植物学刊》上发表的书评指出，harlock 一词以前拼作 hardock，更可能是 burdock（*Arctium*），应译作“牛蒡属植物”。

在《李尔王》第四幕第六场（多佛附近的乡间），爱德伽带着葛罗斯特：

布谷鸟剪秋罗

> 来，先生；我们已经到了，您站好。把眼睛一直望到这么低的地方，真是惊心眩目！在半空盘旋的乌鸦，瞧上去还没有甲虫那么大；山腰中间悬着一个采海崖芹的人，可怕的工作！我看他的全身简直抵不上一个人头的大小。在海滩上走路的渔夫就像小鼠一般，那艘碇泊在岸旁的高大的帆船小得像它的划艇，它的划艇小得像一个浮标，几乎看不出来。澎湃的波涛在海滨无数的石子上冲击的声音，也不能传到这样高的所在。我不愿再看下去了，恐怕我的头脑要昏眩起来，眼睛一花，就要一个筋斗直跌下去。①

**海崖芹/海茴香**（学名*Crithmum maritimum*，英文名samphire，sea samphire，sea-fennel），英语俗称St. Peter's herb②。大量生长在海

① 朱生豪译。本书译者把其中的“金花草”改为“海崖芹”（原文samphire）。
② 字面意思是“圣彼得草”。

边岩石上，花期在七八九三个月，开出的花呈正黄色，叶子肉质，呈灰绿色。这种植物有香味，人们常采摘它的嫩叶，放在醋里腌制成泡菜。特纳医生介绍说：“它的英文名称取自意大利语*Santi petri herba*。海崖芹广泛生长于多佛、苏塞克斯郡、多塞特郡等地的海边。可以生吃或腌渍后吃，也可以加到肉类食物里助消化。”

伊夫林在《沙拉食谱》里记载了腌制海崖芹的“多佛食谱”。

德雷顿的《多福之国》一书中也有关于海崖芹功效的诗句：

> 有些人，嘴巴淡而无味，便去搜刮了多佛附近的海崖芹，来刺激迟钝失常的味觉，激发食欲。

海伍德创作的一首伦敦叫卖歌里也包含海崖芹这个名字：

> 我有岩石海崖芹；岩石海崖芹！

samphire这个名称是圣彼得的变体，当初从事药草研究的僧侣为了向圣彼得致敬，便用他的名字给这一植物命名。海崖芹在海潮涨不到的地方生长。莎士比亚显然了解这一习性，他笔下的海崖芹生长在多佛海边悬崖半山腰以上的部分。

海崖芹

# 第二十四章 《罗密欧与朱丽叶》[①]

这部剧作提到的植物有欧亚槭、大车前、中亚苦蒿/苦艾、海枣/椰枣/枣椰子、榅桲。

在《罗密欧与朱丽叶》第一幕第一场，蒙太古夫人与班伏里奥的对话如下：

蒙太古夫人：啊，罗密欧呢？你今天见过他吗？我很高兴他没有参加这场争斗。

班伏里奥：伯母，在尊严的太阳开始从东方的黄金窗里探出头来的一小时以前，我因为心中烦闷，到郊外去散步，在城西一丛欧亚槭的下面，我看见罗密欧兄弟一早在

① 这部剧作首次出版于1597年，四开本。——原注

那儿走来走去。我正要向他走过去，他已经看见了我，就躲到树林深处去了。我因为自己也是心灰意懒，觉得连自己这一身也是多余的，只想找一处没有人迹的地方，所以凭着自己的心境推测别人的心境，也就不去找他多事，彼此互相避开了。

蒙太古：好多天的早上曾经有人在那边看见过他，用眼泪洒为清晨的露水，用长叹嘘成天空的云雾；可是一等到鼓舞众生的太阳在东方的天边开始揭起黎明女神床上灰黑色的帐幕的时候，我那怀着一颗沉重的心的儿子，就逃避了光明，溜回到家里；一个人关起了门躲在房间里，闭紧了窗子，把大好的阳光锁在外面，为他自己造成了一个人工的黑夜。他这一种怪脾气恐怕不是好兆，除非良言劝告可以替他解除心头的烦恼。[①]

**欧亚槭**（学名*Acer pseudoplatanus*，英文名 sycamore），又叫 great maple。

据米勒所述，“这种树是意大利的野生树种，我们粗俗地称它为 sycamore[②]，还有人叫它mock plane[③]。这种树树干高大笔直，树冠宽大

① 朱生豪译。本书译者把其中的“枫树”改为“欧亚槭”（原文 sycamore）。

② 英文 sycamore 这个名称在不同时期不同地点被用来泛指多种树叶形状相似的树种，包括槭树、无花果树、悬铃木等。

③ mock plane 的字面意思是“假飞机”。

欧亚槭

茂密，以前多被种植在大街和道路两旁，是早期的沃克斯豪尔种植园和玛丽波恩花园里的主要树木。”沃尔特·布莱兹（Walter Blith）称赞这种树长得快，树姿优美，树荫茂密，是上佳的行道树和蔽阴树。韦斯特马科特在《圣经植物志》里介绍：“我们种植欧亚槭多是为了它的观赏价值（欧亚槭树荫奇特、浓密、凉爽宜人）以及它生长迅速的特点，而不是为了从中获取任何医疗效用；占星家却把它看作美神维纳斯的神树，专门为美神遮阴蔽阳，永葆她的青春美貌。”

在霍兰翻译的普林尼的《博物志》中有如下描述：“没有哪一种树木能像欧亚槭一样，既能在夏日为我们遮阳，又能在冬季让阳光穿透树木慷慨地洒向大地。”

莎士比亚在《奥瑟罗》第四幕第三场的《杨柳歌》里也提到此树：

> 可怜的她坐在欧亚槭下啜泣。[①]

---

① 朱生豪译。本书译者把其中的“枫树”改为“欧亚槭”（原文 a sycamore tree）。

在《爱的徒劳》第五幕第二场，鲍益回答公主：

在一株欧亚槭的凉阴之下，我正想睡它半点钟的时间。①

莎士比亚在《罗密欧与朱丽叶》第一幕第二场提到大车前：

班伏里奥：不，兄弟，新的火焰可以把旧的火焰扑灭，大的苦痛可以使小的苦痛减轻；头晕目眩的时候，只要转身向后；一桩绝望的忧伤，也可以用另一桩烦恼把它驱除。给你的眼睛找一个新的迷惑，你的原来的痼疾就可以霍然脱体。

罗密欧：你的大车前只好医治——

班伏里奥：医治什么？

罗密欧：医治你的跌伤的胫骨。②

**大车前**（学名*Plantago major*，英文名plantain，greater plantain）在莎士比亚时期，大车前的叶子被用来医治新创伤口，如今的乡下药师仍在延续这一做法。大车前生长在人们住所附近，常见于路旁，并因此得名“路边面包”。英国早期的草药医生认为它可降温止血，

---

① 朱生豪译。本书译者把其中的“枫树”改为“欧亚槭”（原文 a sycamore）。

② 朱生豪译。本书译者把其中的“药草”改为“大车前”（原文 plantain）。

叶子在治疗切口和创伤方面有特效。

据巴托洛梅乌斯所述，“大车前可治愈伤口疼痛、猎犬咬伤，可用于消肿止痛”。德雷顿在《多福之国》里也提到“医治疼痛的大车前”。

莎士比亚在《爱的徒劳》里也提到大车前可用于医治胫骨跌伤，参阅该剧第三幕第一场。

奈特先生针对上述引文做出如下注解：“大车前生长在英国湿地和沟渠中，人们常用它来预防中毒。”这一注解并不准确，因为大车前大多生长在比较干燥的道路两旁。水车前（学名 *Alisma plantago*）生长在沟渠和潮湿的地方，但它却并非莎士比亚笔下的植物。奈特先生的描述与常见的大车前的习性不符。

在《亨利四世上篇》第一幕第三场，霍茨波在他那著名的演讲里提到了一种特效药，他讲道，“就在战事完了以后”，在他身受重伤、气喘吁吁、疲乏不堪的时候，来了一位大臣，告诉他“一种医治内伤的特效药”[①]。

我认为这一特效药应该是荠菜（学名 *Capsella bursa-pastoris*，英文名 shepard’s purse），是一种最常见的植物，杰勒德称它是“穷人的药方”，因为喝下荠菜汁可以帮助身体的任意部位止血。《草药大

① 朱生豪先生将原文的“特效药”译作“鲸脑”，本书作者却认为是“荠菜”。但是，1865 年英国《植物学刊》上发表的书评指出，此处的特效药应是鲸脑油。

荠菜

百科》[1]里记载着用荠菜汁止血的药方。布里恩医生在《药草书》里把荠菜叫作“牧羊人的钱袋子”或“止血药草”。英国在1657年出版了由尊敬的肯特伯爵夫人[2]收集而成的《健康秘方精选手册》第九版，里面也提到了荠菜的上述功效。

德雷顿也提到荠菜可“用于治疗大出血”，科尔斯也提到荠菜的止血作用。[3]

---

① 《草药大百科》(*The Grete Herbal*)是第一部用英语写成的配有插图的现代百科全书，出版于16世纪上半叶。这部百科全书在借鉴早期著作的基础上，介绍了许多植物的药性。

② 此处的肯特伯爵夫人是伊丽莎白·格雷(Elizabeth Grey，1582—1651)，第八代肯特伯爵亨利·格雷的夫人。她生前收集的药方在去世后出版成书，即《健康秘方精选手册》(*A Choice Manual*，*or Rare Secrets in Physick and Chirurgery*)。

③ 莎士比亚在《李尔王》第三幕第七场也提到亚麻的止血作用。仆人乙(见康华尔受伤后)说道：“你先去吧；我还要去拿些麻布和蛋白来，替他贴在他的流血的脸上。”在莎士比亚时期及以前，人们在亚麻(学名 *Linum usitatissimum*)织成的麻布上涂上蛋清，拿来止血。布里恩在《药草书》(对开本，第26页)中记载：“亚麻适宜用来纺纱织布，若没有亚麻，我们就只有沦为厅堂床帐间的野兽了。无论男人还是女人，只要穿上亚麻布衣，一概俊朗标致；在寺庙神殿里，亚麻比常绿冬青还要珍贵。亚麻在希腊语中拼作 *Lynon*，英语拼作 linen，拉丁语拼作 *linum*。精细的麻布，糊上亚美尼亚黏土(bole-armony，经译者多方查证，发现它的确切名称应为 armenic bole，是一种亚美尼亚地区的红色黏土，富含氧化铁，过去常被人们用来止血。——译者注)和蛋清后，可用于消肿。若少了麻布，外科医生根本无法正常工作，若没有精细麻布，外科医生更是无法治疗眼疾。——原注

在《罗密欧与朱丽叶》第一幕第三场，奶妈在谈到朱丽叶的年龄时说道：

> 自从地震那一年到现在，已经十一年啦；那时候她已经断了奶，我永远不会忘记，不先不后，刚巧在那一天；因为我在那时候用苦艾涂在奶头上，坐在鸽棚下面晒着太阳；老爷跟您那时候都在曼多亚。瞧，我的记性可不算坏。可是我说的，她一尝到我奶头上的苦艾的味道，觉得变苦啦，哎哟，这可爱的小傻瓜！她就发起脾气来，把奶头摔开啦。[①]

中亚苦蒿

**中亚苦蒿/苦艾**（学名 *Artemisia absinthium*，英文名 wormwood），是人们熟悉的植物，英国的本土物种，八九月份开花。苦艾有一股令人作呕的苦涩味道，从前人们常用它来医治肠胃疾病，还有些奶妈把苦艾汁涂

① 朱生豪译。本书译者把其中的“艾叶”改为“苦艾”（原文 wormwood）。

在乳房上给婴儿断奶。理查德·布拉斯维特[1]在《论人的五种感觉》(*Essays on the Five Senses*)里提到这一做法:“奶娘用在奶头涂上苦艾或芦荟汁的方法来阻止孩子吃奶,我也应该在喜爱的东西上洒些苦涩的汁,使我的乐趣得到抑制。”(第二版,第66页)

莎士比亚在《爱的徒劳》第五幕第二场也提到苦艾的苦涩。罗瑟琳告诉俾隆:

> 要把这可厌的苦艾(习气)从你的脑海里根本除去。

在《哈姆莱特》第三幕第二场,哈姆莱特在观赏伶人们表演的过程中,感慨其中一段说词道:“苦艾,苦艾。”

在《罗密欧与朱丽叶》第四幕第四场(在凯普莱特家中厅堂),凯普莱特和乳媪在为婚宴做准备:

> 凯普莱特夫人:奶妈,把这串钥匙拿去,再拿一点香料来。
>
> 乳媪:点心房里在喊着要海枣和榅桲呢。
>
> 凯普莱特:来,赶紧点儿,赶紧点儿!鸡已经叫了第二次,晚钟已经打过,到三点钟了。好安吉丽加,当心看

---

① 理查德·布拉斯维特(Richard Brathwayt,1588—1673),英国诗人。

看肉饼有没有烤焦。多花几个钱没有关系。[①]

**海枣/椰枣/枣椰子**，枣椰树（学名*Phoenix dactylifera*，英文名palm tree）的果子，杰勒德把它叫作Palma。人们在莎士比亚时代以前就已经在食用海枣了。据柯根在《健康天堂》里的记载，人们“在盛宴上，端上海枣，作为肉食的前菜，海枣被当作滋补品”（第99页）。莫菲特[②]医生在《改善健康》（*Health Improvement*）一书中对海枣做了如下描述：“人们会把海枣放进浓汤、肉饼和养生汤里，以为它大有营养。”特纳医生却并不这样看好它，他说：“它们让胃里胀气，对于那些经常牙痛的人来说也是有害无益的。因此，就连那些酷爱甜食的伦敦佬和奢侈的朝臣们也很明智地不在馅饼和肉食里放入太多的海枣，这样既能节约银子，又不会对健康不利。”

韦斯特马科特在《圣经植物志》里如此描述海枣：“占星家把它们献给战神阿瑞斯，十有八九是为了取悦美神维纳斯。”[③]

根据西尔维斯特翻译的迪巴尔塔斯的著作《神圣的日子》的记载，海枣和橄榄有利于增加食欲（第三日，第74页）。

莎士比亚在《终成眷属》第一幕第一场中也提到了海枣。帕洛对海丽娜说：

---

① 朱生豪译。本书译者把其中的“枣子”改为“海枣”（原文dates），海枣不同于普通的枣子。

② 托马斯·莫菲特（Thomas Moffet，1553—1604），英国博物学家、医生。

③ 在希腊神话里，战神阿瑞斯是美神维纳斯的情人。

做在饼饵里和在粥里的海枣，是悦目而可口的，你颊上的海枣，却会转瞬失去鲜润。[①]

榅桲树

在《特洛伊罗斯与克瑞西达》第一幕第二场，莎士比亚提到把海枣放在馅饼里烘焙的做法。[②]

**榅桲树**（学名*Cydonia oblonga*，英文名quince tree）[③]，一种矮小乔木，花开单枝，花朵硕大，呈白色；它的果实酸涩，有特殊的香味。杰勒德在书中提到榅桲树，他表示榅桲

① 朱生豪译。本书译者把其中的"红枣"改为"海枣"（原文date）。

② 我认为罗瑟琳在森林里见到的palm tree实际上是莎士比亚心目中的枣椰树（palma），莎士比亚在《科利奥兰纳斯》里也提到过这种树，还把它的叶子比作胜利的徽章（见《皆大欢喜》第三幕第二场）。枣椰树就是《圣经》里所描写的palm tree。有一位当代评论家认为莎士比亚在《皆大欢喜》里提到的palm tree是指黄花柳（学名*Salix caprea*，英文名goat willow）或圆叶柳（great round-leave sallow），原因在于人们在palm Sunday（复活节前的星期日。——译者注）那天采集柳絮，而柳絮在当时又叫palms。然而，我并不认同这一观点，因为黄花柳或圆叶柳本身并不叫palm tree，其次我们也无法推断莎士比亚笔下的森林就是阿尔丁森林。第一对开本未标明任何森林的名称。——原注

③ 原文的拉丁名*Cydonia vulgaris*为异名。

果酱美味可口，并有助于消化肉食和强胃健脾。

在《罗密欧与朱丽叶》第四幕第五场，劳伦斯神父开导凯普莱特面对朱丽叶的死亡：

劳伦斯：静下来！不害羞吗？你们这样乱哭乱叫是无济于事的。上天和你们共有着这一个好女儿；现在她已经完全属于上天所有，这是她的幸福，因为你们不能使她的肉体避免死亡，上天却能使她的灵魂得到永生。你们竭力替她找寻一个美满的前途，因为你们的幸福是寄托在她的身上；现在她高高地升上云中去了，你们却为她哭泣吗？啊！你们瞧着她享受最大的幸福，却这样发疯一样号啕叫喊，这可以算是真爱你们的女儿吗？活着，嫁了人，一直到老，这样的婚姻有什么乐趣呢？在年轻时候结了婚而死去，才是最幸福不过的。揩干你们的眼泪，把你们的迷迭香散布在这美丽的尸体上，按照着习惯，把她穿着盛装抬到教堂里去。愚痴的天性虽然使我们伤心痛哭，可是在理智眼中，这些天性的眼泪却是可笑的。

凯普莱特：我们本来为了喜庆预备好的一切，现在都要变成悲哀的殡礼；我们的乐器要变成忧郁的丧钟，我们的婚筵要变成凄凉的丧席，我们的赞美诗要变成沉痛的挽歌，新娘手里的鲜花要放在坟墓中殉葬，一切都要相反而行。[1]

在《罗密欧与朱丽叶》第五幕第三场，墓地，朱丽叶的坟茔，帕里斯及侍童携鲜花火炬上。帕里斯说道：

这些鲜花替你铺盖新床；
　惨啊，一朵娇红永委沙尘！
我要用沉痛的热泪淋浪，
　和着香水浇溉你的芳坟；
夜夜到你墓前散花哀泣，
这一段相思啊永无消歇！[2]

**迷迭香**（英文名rosemary），许多早期诗人和剧作家的作品里都有关于用迷迭香装点坟墓的描述。德克在1630年出版的《诚实的妓女》（*Honest Whore*）剧作中写道："我的裹尸布织自薰衣草花间，又与迷迭香相伴。"

英格兰在1649年4月30日至5月7日期间发行的《日报》登载了因反叛而遭枪毙的洛基尔（Lockier）的葬礼，葬礼极其隆重，尸体的两旁摆满了迷迭香花束。在卡特赖特[3]创作的《平民》（*The*

① 朱生豪译。本书译者把其中的"香花"改为"迷迭香"（原文rosemary）。
② 朱生豪译。
③ 威廉·卡特赖特（William Cartwright，1611—1643），英国诗人、剧作家、神职人员。

*Ordinary*）一剧的第五幕第一场中有如下诗句：

要是有好心人愿意为我送葬，千万别让他们少了消遣。
请求您，一定给他们每人手上拿一枝沾着水珠的迷迭香，
一路走一路嗅着芬芳。

除了迷迭香，其他种类的花儿也常被用来装扮尸体。托马斯·奥弗伯里[①]在《美丽快活的挤奶女》（*The Character of a Fair and Happy Milkmaid*）的结尾写道："这就是她的生活，她唯一的愿望便是自己可以在春天死去，裹尸布上撒满鲜花。"

高夫[②]在他的作品《墓碑》（*Sepulchral Monuments*）的第二卷也提到该风俗："古人常常为死去的人戴上花冠，寓意生命的短暂，现在有些地方仍然为早逝的少女和儿童延习这一风俗。早期的基督徒在为年轻女子下葬时也抛撒鲜花。我曾亲眼看到人们把鲜花放入儿童和少女的棺材里。"

---

① 托马斯·奥弗伯里（Thomas Overbury，1581—1613），英国诗人、散文家，代表作有论婚姻的诗篇《妻子》（*A Wife*，1614）和散文集《人物记》（*Characters*，1614）。

② 理查德·高夫（Richard Gough，1735—1809），英国古文物学家、收藏家。

# 第二十五章 《哈姆莱特》[①]

这部剧作提到的植物有迷迭香、三色堇、芸香、茴香、欧耧斗菜、金发毛茛、高毛茛、野芝麻、雏菊和先紫红门兰。

在《哈姆莱特》第四幕第五场，美丽的奥菲利娅装扮着缤纷的鲜花上台，对雷欧提斯说：这是表示记忆的迷迭香；爱人，请你记着吧：这是表示思想的三色堇。然后，她对国王说：这是给您的茴香和欧耧斗菜。她对王后说：这是给您的芸香；这儿还留着一些给我自己；遇到礼拜天，我们不妨叫它慈悲草。啊！您可以把您的芸香插戴得别致一点儿。这儿是一枝雏菊；我想要给您几朵堇菜，可是我父亲一死，它们全都谢了；他们说他死得很好——[②]

---

① 这部剧作首次出版于1604年，四开本。——原注

② 朱生豪译。本书译者把其中的“漏斗花”改为“欧耧斗菜”（原文 columbine），把“紫罗兰”改为“堇菜”（原文 violets）。

关于迷迭香，详见本书第十二章《冬天的故事》。

**三色堇**（学名*Viola tricolor*，英文名pansy），英文名又叫love in idleness，heart's ease，herb trinity及其他。pansy这一英文名源自法语词pênsees。三色堇通常生长在农田和花园；其花朵大小不一，多呈浅黄色，夹杂紫色和白色。莎士比亚在《仲夏夜之梦》里提到了三色堇。查普曼[①]在1605年《全是傻瓜》（*Comedy of All Fools*）一剧中提到了三色堇："啊，三色堇，那是为恋爱中的人儿准备的。"

三色堇

关于芸香和堇菜，详见本书第十二章《冬天的故事》。

根据奈特先生所述，"芸香（rue）寓意悔恨（ruth）、悲哀"，由于"一切磨练都来自上帝的恩典"，所以芸香又名"慈悲草"（herb grace）。沃伯顿（Warburton）医生认为芸香的名称由来与古罗马教士在礼拜日举行驱邪活动相关，教士们在驱邪前会给被附体的人灌下一种药水，药水的主要成分就是芸香。

---

① 乔治·查普曼（George Chapman，约1559—1634），英国戏剧家、翻译家、诗人，因翻译荷马史诗《伊里亚特》和《奥德赛》而著名。

**茴香**（学名*Foeniculum vulgare*，英文名fennel），是一种常见的荒地植物。根据霍兰在他翻译的普林尼的《博物志》里所述，“茴香在明目方面有特效，能消除飘浮在眼睛里导致视力模糊的膜状、丝状物”。大多数早期植物学家，包括梅瑟（Macer）、布里恩、特纳医生、托马斯·希尔等人，都提到过茴香的明目作用。莎士比亚提到了茴香的这一作用，并安排剧中人物奥菲利娅把茴香送给国王用来明目，把迷迭香送给雷欧提斯以提高他的记忆力。

在《亨利四世下篇》第二幕第四场，福斯塔夫提到把茴香和鳗鱼放在一起吃。茴香既有强烈的香气，又属于早期植物学家眼里的三级热性植物，因此常被当作调料，与不易消化的鱼肉同食。

欧耧斗菜

**欧耧斗菜**（学名*Aquilegia vulgaris*，英文名columbine，common columbine），长在林间或种植在花园里。一些早期著作提到过欧耧斗菜，却并没有介绍它的习性特征。查普曼在1605年《全是傻瓜》一剧中有如下诗句：

那是什么？欧耧斗菜？

不可能！这种不懂回报的家伙怎么能长在我的花园里！

德雷顿在《多福之国》第十五首歌里写道："他们稀疏地种下几棵欧耧斗菜。"

从上述引文中可以看出，欧耧斗菜被视作不知回报、无任何特效或用途的花，由此可以推断，奥菲利娅把欧耧斗菜送给国王，是因为她和雷欧提斯都相信国王害死了他们的父亲波洛涅斯。

在《哈姆莱特》第四幕第七场，王后和雷欧提斯在谈起奥菲利娅的死亡时，提到奥菲利娅花环里的花儿：

王后：一桩祸事刚刚到来，又有一桩接踵而至。雷欧提斯，你的妹妹掉在水里淹死了。

雷欧提斯：淹死了！啊！在哪儿？

王后：在小溪之旁，斜生着一株杨柳，它的灰白的枝叶倒映在明镜一样的水流之中[①]；她编了几个奇异的花环来到那里，用的是毛茛、荨麻、雏菊和先紫红门兰——正派的姑娘管这种花叫死人指头，说粗话的牧人却给它起了另

① 这里的柳树是指白柳（学名 *Salix alba*），多数溪流岸边都生有白柳，斯特拉特福附近的埃文河畔尤为如此。由于河岸土壤松软，白柳难以直立而朝河流倾斜，因而有"斜生"这一表达。白柳的树叶两面皆为灰白色，背面愈加发白，此处"灰白的枝叶"的描写十分准确。——原注

一个不雅的名字。——她爬上一根横垂的树枝，想要把她的花冠挂在上面；就在这时候，一根心怀恶意的树枝折断了，她就连人带花一起落下呜咽的溪水里。[①]

金发毛茛

**毛茛**（英文名crow flowers），我认为此处提到的毛茛是金发毛茛（学名*Ranunculus bulbosus*，英文名bulbous crowfoot）和高毛茛（学名*Ranunculus acris*，英文名meadow crowfoot），跟此处提到的其他花草一样在春天开花，两种毛茛都开黄色花，在英国很常见。

高毛茛

**野芝麻**（英文名nettles），最常见的早春开花的野芝麻是短柄野芝麻/白花野芝麻（学名*Lamium album*，英文名white dead-nettle）和大苞野芝麻/紫花野芝麻（学名*Lamium purpureum*，英文名purple dead-nettle），把这两种野花和各色花朵搭配在一

① 朱生豪译。本书译者把其中“毵毵的枝叶”改为“灰白的枝叶”（原文grey leaves），把“长颈兰”改为“先紫红门兰”（原文long purples）。

起，能编出异常美丽的花环。

关于雏菊，详见本书第七章《爱的徒劳》。

短柄野芝麻

**先紫红门兰**（学名*Orchis mascula*，英文名long purple，early purple orchis），生于草甸和牧场上，植株高约10英寸[①]。先紫红门兰四五月份开花，花朵数量多，呈紫红色，长穗状花序。莎士比亚提到说粗话的牧人给先紫红门兰起了一个不雅的名字，并写道：正派的少女管它们叫“死人指头”。

先紫红门兰

我认为，正派的少女错把另一种根部呈手掌状的兰花当成了先紫红门兰。先紫红门兰的底部长有两个根块，在英国很多地方，人们都用牧人起的秽名来称呼它，在莎士比亚时代出版的草本志里也能看到这一不雅名称。与先紫

① 约25厘米。

斑点红门兰

红门兰不同，斑点红门兰（学名*Orchis maculata*，英文名spotted palmate orchis）和宽叶红门兰（学名*Orchis latifolia*，英文名marsh orchis）这两种植物的根茎呈掌状，因形状相似而常被叫作“死人指头”。

如果仔细研究先紫红门兰的根茎，会发现其中那个长出植株的块茎已经皱缩变小，另一块茎仍保持原来的大小，预备着下一季的生长。或许正是由于两个块茎的大小不同，16世纪的放浪牧人才给先紫红门兰起了那样一个秽名。

在约翰逊和斯蒂文斯编纂的莎士比亚作品集中，有注解指出：“long purples指的是绿萼红门兰（学名*Orchis morio*）[①]，苏塞克斯郡的人们至今仍把它叫作‘死人的手掌’。”这一注解显然有误，因为绿萼红门兰没有掌状根茎，花期在6月，花朵呈绿白色，有蓝色斑点，俗称green-winged meadow orchis。

在《无事生非》第二幕第一场，培尼狄克对克劳狄奥说：

---

① 绿萼红门兰，本种现在的分类地位发生了变化，从红门兰属分了出来，更名为：蓝紫倒距兰（学名*Anacamptis morio*）。

到最近的一棵杨柳树底下去，伯爵，为了您自己的事。

您欢喜把花圈怎样戴法？[①]

布里恩医生的《病人和药物》(*Book of Sick Men and Medicines*)一书中有如下关于杨柳花环的段落：“多情的埃拉托女神用她那天使般甜美的爱情之歌，驱散恋人们哭泣的愁容，摘掉他们表达哀悼的冰冷的杨柳翠环，让这些多情的人儿，这些爱的囚徒，重获自由。”

韦斯特马科特在1695年出版的《圣经植物志》里提到杨柳翠环，他把杨柳叫作“哀悼或忠贞之树”，他说：“如果恋人中的一方去世，另一方必须头戴杨柳翠环，有些地方至今仍延续着这一风俗，只不过人们在翠环上增添五颜六色的花朵和彩带，似乎背离了忠贞和哀悼的初衷。”尼坎德把柳树称作“圣洁的杨柳”。

剧作《奥瑟罗》的第四幕第三场有一首《杨柳歌》，歌词出自当时一首名为《恋人的怨诉》(*A Lover's Complaint*)

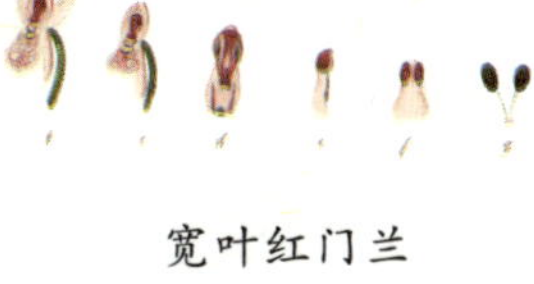

宽叶红门兰

① 朱生豪译。

的歌曲，表达对已故恋人的哀悼。其中有一句歌词如下：

> 青青的柳枝编成一个翠环戴在我的头上。①

富勒在《英格兰名人传》里这样描写柳树："悲伤之树，那些丧失爱人的人用它的枝条编成哀悼的花环；还有那些无家可归的流浪汉们，把他们的竖琴挂在这满是忧伤的树上。"

① 朱生豪译。

# 第二十六章 《奥瑟罗》[①]

这部剧作提到的植物有长角豆/角豆树、药西瓜、罂粟和曼德拉草。

在《奥瑟罗》第一幕第三场，伊阿古向罗德利哥表达他要激起奥瑟罗嫉妒的决心时说道：

> 这些摩尔人很容易变心——把你的钱袋装满了钱——现在他吃起来像长角豆一样美味的食物，不久便要变得像药西瓜一样涩口了。[②]

① 这部剧作首次出版于1622年，四开本。——原注

② 朱生豪译。本书译者把其中的“蝗虫”改为“长角豆”（原文 locusts），把“苦瓜柯萝辛”改为“药西瓜”（原文 coloquintida）。

长角豆

**Locusts**[1] 我查阅资料后发现，此处的locust应该是指长角豆/角豆树（学名*Ceratonia siliqua*，英文名carob tree）[2]的果实。杰勒德在《草本志》里对角豆树进行了较为完整的描述，他说："角豆树生长在尼泊尔一个名叫阿普利亚的省份以及尼泊尔以东的国家。那里的长角豆甜蜜多汁，常被用来腌存生姜。在巴勒斯坦许多地方生长着成片的角豆树，长角豆不仅可以满足人们的需要，余下的还可以留给觅食的野猪和其他野兽。人们无论老幼都喜爱吃长角豆；也有人通过吃长角豆给身体补充必要的营养。有人把长角豆叫作'圣约翰的面包'，并因而把长角豆等同于locusts，因为圣约翰在荒野中的确吃过一种东西，名称译作英文为locusts。角豆树的果实或长角豆的学名是*Siliqua dulcis*[3]。"

---

① 直译为"刺槐"或"蝗虫"，作者认为该植物是"角豆树"（carob tree）。但是，1865年英国《植物学刊》上发表的书评指出，这里的locusts应指蝗虫，在阿拉伯沙漠地区，蝗虫是一种很常见的食物。

②③ 原文的拉丁名*Siliqua dulcis*为异名。

长角豆的阿拉伯名称是喀拉伯（kharrub），根据科塔弗戈（Cotafogo）的字典，与之相对应的英文词语是carobs（角豆），bean pods（豆荚），the bread of St. John in the wilderness（圣约翰在荒野中的面包），the bread of the prodigal son（浪子的面包）。

**药西瓜**（学名*Cucumis colocynthis*，英文名coloquintida，colocynth gourd，bitter cucumber），人们熟悉的泻药柯罗辛斯（colocynth）就是从药西瓜的果实里提取出来的。在莎士比亚年代，英格兰已有人栽种药西瓜，当时的医药学家们记录下了这一事实，并且记述道，药西瓜味道苦涩，令人作呕，属于三级干热性药草。

杰勒德说，“我已经多次接到报告说地中海沿海有数不清的野生药西瓜，尤其是在巴巴里海岸”。人们很早以前就已经拿药西瓜入药，巴托洛梅乌斯说它是“一种极苦涩的药草，叫作野葫芦（学名*Cucurbita agrestis*），与常见的葫芦不同”。

药西瓜

黎里在《尤弗伊斯》中写道：“一枚药西瓜的叶子

足以糟蹋一锅粥。”[①]

在《奥瑟罗》第三幕第三场，伊阿古从爱米利娅那儿拿到手帕后，独自一人时自言自语：

> 我要把这手帕丢在凯西奥的寓所里，让他找到它。像空气一样轻的小事，对于一个嫉妒的人，也会变成天书一样坚强的确证；也许这就可以引起一场是非。这摩尔人已经中了我的毒药的毒，他的心理上已经发生变化了；危险的思想本来就是一种毒药，虽然在开始的时候尝不到什么苦涩的味道，可是渐渐地在血液里活动起来，就会像硫矿一样轰然爆发。我的话果然不差；瞧，他又来了！罂粟、曼德拉草或是世上一切使人昏迷的药草，都不能使你得到昨天晚上你还安然享受的酣眠。[②]

**罂粟**（学名*Papaver somniferum*，英文名poppy，opium poppy），是花园里常见的一年生草本植物，偶尔也有长在荒地里的罂粟。罂粟蒴果汁是提取鸦片的原料。罂粟在七八月份开花，花朵呈白色。在莎士比亚时代，鸦片常被用来催眠和缓解疼痛；现在人们也用鸦

---

① 莎士比亚一直把角豆树和药西瓜联系在一起来比喻摩尔人的多变，因为这两种植物虽然都生长在摩洛哥，它们的本性却截然相悖。——原注

② 朱生豪译。本书译者把其中的“曼陀罗”改为“曼德拉草”（原文 mandragora）。

片来提神，但要使用非常大的剂量才行。（可参阅约翰逊《日常生活中的化学》）

关于曼德拉草，详见本书第十九章《安东尼与克莉奥佩特拉》。

莎士比亚在《亨利四世下篇》第一幕第二场中也提到曼德拉草，福斯塔夫称他的侍童为“曼德拉草，使其跟在背后，还不如插在帽子上”。

罂粟

# 第二十七章
# 《泰特斯·安德洛尼克斯》[1]

在《泰特斯·安德洛尼克斯》第二幕第三场（罗马附近森林中之僻静部分），狄米特律斯与塔摩拉有段对话：

狄米特律斯：怎么，亲爱的母后！您的脸上为什么这样惨淡失色？

塔摩拉：你们想想我应不应该脸色惨淡？这两个人把我骗到了这个所在，一个荒凉可憎的幽谷！你们看，虽然是夏天，这些树木却是萧条而枯瘦的，青苔和白果槲寄生侵蚀了它们的生机；这儿从来没有太阳照耀；这儿没有生物繁殖，除了夜枭和不祥的乌鸦。[2]

① 这部剧作首次出版于1611年，四开本。——原注

② 朱生豪译。本书译者把其中的“寄生树”改为“白果槲寄生”（原文 mistletoe）。

**白果槲寄生**（学名*Viscum album*，英文名mistletoe），是一种典型的寄生灌木，常寄生于苹果树、野苹果树、山楂树、白杨树等各种树木，但极少寄生于橡树。白果槲寄生花序顶生，成簇状，果实为白色浆果。特纳医生在介绍白果槲寄生时引述了狄奥斯科里迪斯、泰奥弗拉斯托斯和普林尼的描写，他又写道："捕鸟人用白果槲寄生的浆果做成粘鸟胶而捕捉到画眉。休斯·摩根带我在伦敦参观的橡木槲是我见过最多的一次。这个树种是有人从埃塞克斯郡给他带来的，埃塞克斯郡的橡木槲数量更多，多过我去过的任何一个英格兰地区。"

布里恩在《药草书》中介绍了白果槲寄生，他说："这种树给它的宿主带来什么好处？它只会让树木像患上溃疡一样枯烂，只要不把它从树木上拽下来，它最终会把整棵树毁掉。"据杰勒德所述，白果槲寄生无论冬夏，终年常绿；它的浆果在秋季成熟，然后一整个冬天都挂在树上；此外，白果槲寄生的浆果有毒。

白果槲寄生

霍兰在他翻译的普林尼的《博物志》中写道：

"此外，藤蔓毫无疑问会害死树木，这句话同样（在一定程度上）适用于槲寄生，但是人们普遍认为槲寄生的危害要过一段时间才会显露。"

据图尔福特（Tournefort）所述，在黎凡特一带槲寄生十分常见，许多树木完全被它们所覆盖。

关于白果槲寄生的害处，莎士比亚只提到它对寄生宿主的危害，没有提到它的浆果具有毒性。

在《泰特斯·安德洛尼克斯》第二幕第四场，玛克斯看到拉维妮娅两手和舌头都被割去时念道：

> 郁结不发的悲哀正像闷塞了的火炉一样，会把一颗心烧成灰烬[①]。美丽的菲罗墨拉不过失去了她的舌头，她却会不怕厌烦，一针一线地织出她的悲惨的遭遇；可是，可爱的侄女，你已经拈不起针线来了，你所遇见的是一个更奸恶的忒柔斯，他已经把你那比菲罗墨拉更善于针织的娇美的手指截去了。啊！要是那恶魔曾经看见这双百合花一样的纤手像战栗的欧洲山杨叶般弹弄着琵琶，使那一根根丝弦乐于和它们亲吻，他一定不忍伤害它们；要是他曾经听见从那美妙的舌端吐露出来的天乐，他一定会丢下他的刀

① 莎士比亚诗作《维纳斯和阿都尼》中有类似的表达。——原注

子，昏昏沉沉地睡去。来，让我们去，使你的父亲成为盲目吧，因为这样的惨状是会使一个父亲的眼睛昏眩的；一小时的暴风雨就会淹没了芬芳的牧场，你父亲的眼睛怎么经得起经年累月的泪涛泛滥呢？[①]

**欧洲山杨**（学名*Populus tremula*，英文名aspen，quaking poplar），杰勒德称它是aspen tree，或Populus libyca of Pliny。这种山杨是一种高大乔木，以其颤抖的树叶而闻名。莱特（Lyte）管它叫“摇摆的或战栗的山杨”。科特格罗夫（Cotgrove）写过如下句子：“颤抖——颤动的树。”欧洲山杨的叶柄细长，呈侧扁状，只要有微风拂过，就会水平摇摆而颤动。豪厄尔（Howell）收集的英语谚语中有这样一句：“他抖得像欧洲山杨的叶子。”根据莱特福特（Lightfoot）的记载，苏格兰高地人有一种迷信说法，他

欧洲山杨

① 朱生豪译。本书译者把其中的“白杨叶”改为“欧洲山杨叶”（原文aspen leaves）。

们认为救世主的十字架是用欧洲山杨木做成的，因此欧洲山杨树叶永远都在颤抖。

在《亨利四世下篇》第二幕第四场，女主人说自己“就像一片欧洲山杨树叶似的发抖”。[①]

① 朱生豪译。本书译者把其中的“白杨树叶”改为“欧洲山杨树叶”（原文 an aspen leaf）。

# 译后记

莎士比亚对植物本身及其文化象征意义具有深刻而广博的理解，他不仅把戏剧作品中的许多故事场景安排在花园或果园里，而且灵活自如地利用各种植物的习性特征来进行比喻，生动展现出各色人物的鲜明个性和特点，因此，了解莎士比亚笔下植物的特点，对于理解和研究莎士比亚具有非常重要的意义。在莎士比亚三百年诞辰之际，即1864年，英国出版了《莎士比亚的花园》一书。作者把散落在莎士比亚二十六部著名剧作里的花草树木集中呈现在读者面前，用字典条目的方式介绍了莎士比亚眼中的花园植物，那里树木繁多、藤萝蔓生、鲜花芬芳、百草丰茂：不仅生长着月桂、毛桦、欧洲椴、地中海柏木等漂亮的观赏树种，也有盛产果实的杏树、黑桑、枣椰树等果木；花园里还有攀缘的藤萝和寄生木，如香忍冬、洋常春藤、槲寄生等；姹紫嫣红的各色花儿在这里争奇斗艳，三色堇、犬蔷薇、迷迭香、康乃馨、芸香等竞相开放；花园里有帚石楠、荆豆、金雀儿一般扎人的荆棘灌木，也生长着荠菜、海崖芹、大车前一类的药草，以及毒麦、天仙子、乌头一类的毒草；花园里还有各种可充当食物的植物，如甘薯、大蒜、野草莓等，以及被民间赋予神奇色彩的曼德拉草、蓠蓄和蕨类植物孢子等。作者把莎士比亚笔下这座五彩缤纷的花园客观如实地勾勒出来，令读者不得不再次感叹莎士比亚细致入微的观察和伟大的才华。

这部作品集中展现了莎士比亚笔下丰富的植物世界，有助于读者深刻了解莎士比亚对大自然的掌握和运用。不仅如此，该书还具有重要的学术价值。虽然古往今来，关于莎士比亚的研究可谓汗牛充栋，然而单纯从植物学角度对莎士比亚作品进行的研究却少之又少。作者虽然并非专业的植物学家，却学识渊博，涉猎广泛，书中的引用比比皆是，从古希腊罗马的植物学、医学、健康和历史典籍到英国19世纪以前的戏剧、诗歌和各种名不见经传的作品，作者信手拈来，利用翔实的资料清楚地阐明了书中植物的特性和功用以及相关的社会风俗。这部短小精悍的作品，包含着大量关于欧洲植物和社会习俗的信息，开创了从植物学视角研究莎士比亚作品的先河，很大程度上还原了莎士比亚时代英国社会的风俗习惯和自然风貌，对于后人研究莎士比亚作品和英国的社会文化都具有重要的借鉴意义，同时也具有珍贵的植物学研究价值。

由于莎士比亚距今年代久远，作品中出现的植物名称与后来不尽相同，加上莎士比亚作品集是在整理莎士比亚手稿的基础上编纂而成，各版本之间又存在差异，评论家们因此对于莎翁作品里出现的植物名称究竟代表哪一种植物莫衷一是，本书作者参加了这一讨论，为莎士比亚作品研究贡献了自己独特的见解。

作者署名西德尼·比斯利，译者在互联网和大英百科全书中都没有找到关于这一姓名的记载。根据一位图书馆专家提供的资料，作者极可能是19世纪英国一位享有盛名的文坛大家，从书中浩繁的引经据典中可以对作者的学识和素养窥见一斑。作者多半是出于对莎士比亚和自然植物的热爱与兴趣，在莎士比亚诞辰之际写下此书，或许作者认为此等作品为雕虫小技，登不得大雅之堂，或认为作品与自己的一贯风格和地位不符，不宜以真名示人，故而以笔名代之。

这本书使用类似百科全书式的结构，以莎士比亚剧作为线索，除第一章综述外，其余每一章分别讨论一部剧作中的植物，章节内部则以词典条目的形式加以组织。由于书中植物条目和剧作引用相交叉，给人以内容庞杂、前后缺少衔接的感觉。此外，由于作品中介绍的植物距今久远，有些名称如今已不再使用，有些植物在不同时期又有不同的名称，或者同一名称在不同时期代表不同植物，个别地方容易造成混淆。比如作者声称荆豆又叫goss，然而在莎士比亚以前的年代，英国染料木也曾被叫作goss；到了15世纪，英国人已经把二者区分开来，把它们看作不同种类的荆棘。再比如cockle这个英文名称，有些时候指毒麦，有些时候指麦仙翁。在类似这种情况下，为了避免混淆，译者选择保留原文的英语名称。

由于作者自身并非植物学家，错误难以避免。比如，个别植物的英文名称和拉丁名称不相符合。另外，英国有书评指出，作者对某些植物的习性不甚清楚，也导致了在个别地方对植物的描述出现错误。所有书评中提到的错误，译者都在注解中做出了说明。

作者旁征博引，不拘小节，常常省略所引用的作品和作者的全名，部分植物的名称存在拼写错误，给翻译工作带来了一定的障碍。译者经过交叉检索后确定了绝大部分作品、作者以及植物的名称，只有个别地方，如R. R.这个人名只给出了两个首字母，译者经多方查找，无果而终，只好保留原文。此外，译者对莎士比亚的引文一一进行了核对，指出个别引误或错记页码之处。

文中所有莎士比亚剧作引文的中文皆出自人民文学出版社于2014年出版的11卷本的《莎士比亚全集》，大部分为朱生豪先生所译，本书译者在此基础上对译文中的植物名称做了修改。

译者无论在语言功底还是知识素养方面都远不及本书作者，因此，误译之处在所难免，尚望专家和读者指正。

最后，向在翻译过程中为我提供资料并多方联系专家校对译稿的本丛书主编薛晓源研究员表示诚挚的感谢，感谢商务印书馆的蔡长虹编辑对译稿进行的一丝不苟的审校。更要感谢拨冗审阅译稿并提出宝贵建议的上海辰山植物园的莫海波先生和莎士比亚研究专家北塔研究员。莫海波对书中出现的每一个植物名称都进行了认真细致的审校，为译者提供了大量的植物学专业术语，本书所有的精美插图也由莫海波提供。没有他的帮助，这本书难以面世，更难以如此图文互秀的形式呈现在读者面前，再次深表感谢。